눈물나는 날에는,

엄마

눈물나는 날에는,
엄마

김선하 지음

(주)다연
DAYEONBOOK

엄마 기억해.

나는 이렇게 살고 있어.

이만하면 살 만하지.

그러니 이제 내 걱정은 하지 마.

이다음에 인연 되면 다시 만나.

그때는 내가 엄마의 엄마 해줄게.

'엄마가 죽었대.'

새벽 한 시. 내 손에 닿은 파래진 얼굴과 차가운 살갗. 그날 엄마는 나를 떠났습니다. 외가는 삼일 밤낮 아무 소리 없이 엄마가 가는 길을 지켜만 봤습니다. 삼삼오오 장례식장에 들어선 지인은 영정을 보자마자, 고인의 허망함을 한탄하며 통곡했습니다. 그들의 울부짖음과 몸서리침을 끌어안으며 애통함을 위로했습니다.

빈소가 조용해진 새벽이 되면 상복을 벗고 집에 다니러 갔습니다.

'모든 관계는 확인해야 해. 아무나 믿지 마.'

엄마의 유언이 될 줄은 몰랐습니다. 안방에서 장부를 찾아 장례식장으로 돌아왔습니다. 이해관계가 있던 사람들이 나를 붙들고 흔들어대는 아수라장 속에서, 엄마 삼일장은 감정의 흔들림 없이 호랑이에게 물리지 않고 살아남으려 안간힘을 다해 버틴 일상의 연속이었습니다.

절에서 칠칠재를 올려 엄마를 환송하는 사십구재까지 슬픔과 애도
는 들어설 자리가 없었습니다. 유산을 찾아야 했고, 유품을 정리해야
했고, 엄마와 관계된 일을 처리해야 했습니다. 엄마 없이 어찌 살까
하는 걱정 따위는 나에게 사치일 뿐. 경찰서와 은행, 관련 사무실을
찾아다니며 사실 확인이 되지 않는 것은 단호하게 쳐냈고, 포기해야
할 것은 일찍 포기 각서를 제출했습니다. 소송과 관련해 명예를 되찾
아야 하는 일은 곡현 스님이 맡아주었습니다. 덕분에 시간을 끌 만한
일은 피했고, 일을 마무리하기로 예정된 사십구일을 지켜냈습니다.

직장을 나가 추가 근무도 하고, 친구도 만나고, 여행도 다녔습니다.
울지 않았고, 주어진 일을 해냈고, 하루를 좀 더 바쁘게 움직였습니다.
함께 밥 먹을 엄마가 없었고, 투정 부리고 잔소리해댈 엄마가 없을 뿐
달라진 것은 없었습니다.

일 년이 지나던 해, 스님은 엄마 유골을 평소 다니던 영천 만불사로
옮겼습니다. 마지막 가는 길은 사치 좀 부리라며 당시 제일 비싸다는
부산 조선 호텔에서 스님이 가진 마지막 여비로 제사를 지내주었습니
다. 이듬해 추석에는 여동생이 사는 일본으로 가서 차례를 지냈습니
다. 엄마는 여행을 좋아했는데 자식 찾아 일본까지 올 거라 믿었습니
다. 살아 있다면 예순이 되던 해, 천도재 겸 관습에도 없는 영혼 환갑
잔치를 절에서 해주었습니다. 이처럼 남은 자식은 먼저 간 엄마를 유
별스럽게 환송했습니다.

엄마는 화려한 삶을 살고 싶어 했습니다. 외할머니는 가끔 엄마가 얼마나 욕심이 많았는지, 고집 센 대장부였는지, 남자로 태어났으면 대통령도 했을 거라 말했습니다. 험담이 아니라, 꿈 많던 딸을 자랑하는 말이었고, 젊은 딸이 과부로 사는 꼴이 오죽하겠냐는 소리였습니다. 나는 할머니 말을 엄마 한숨에서 이해할 수 있었습니다. 두 날개 활짝 펴고 세상을 날 만큼 엄마는 나에게도 외할머니에게도 큰사람이었습니다. 나에게 우주였던 그 큰사람이 더는 이 세상에 존재하지 않습니다.

엄마가 한순간 사라졌으니 죽어라 죽어라 했습니다. 죽을 만큼 힘들었습니다. 그리고 주눅 들었습니다. 살다가 살다가 그래도 죽을 만큼 힘들면 그때는 돌아오라던 엄마의 환청에 이 악물고 살았습니다. 산 사람은 살아진다고, 죽으라는 법은 없다고. 모질게 나를 몰아세우고, 억척스럽게 나를 일으키며 버텨냈습니다.

엄마 없이 어찌 사나 싶었는데 살다 보니 가정을 꾸리고 아이 엄마가 되었습니다. 엄마 없는 그늘에서 그럭저럭 살다가 결혼을 했습니다. 시댁 눈치를 살피다가 친정 차례는 절에서 지내주기로 했습니다. 제사만 집에서 여동생과 지내는데 올해가 지나면 부모님 제사도 절에 모실까 생각하고 있습니다. 얼굴도 모르고 추억도 없는 사람 제사 지낸다고 번잡스럽게 하는 것 같아 또 한 번 눈치를 살피는 겁니다.

이제 나는 엄마가 세상을 떠나던 나이가 되었습니다. 이제 살 만해 졌습니다. 그때의 엄마도 이제는 살 만하다 했을까요? 아니면 여전히 희망 없이 죽지 못해 산다 했을까요? 어쨌든 나는 뜨거운 태양도 피했고 거센 비바람도 넘겼습니다. 이제는 사는 게 나아졌습니다. 괜찮습니다.

그런데… 그런데도… 뭔가 괜찮지 않습니다. 마음 한쪽이 여전히 비워져서는 다시 채워지지 않습니다. 가을이라 그런가 생각했는데 계절을 타는 것은 아닙니다. 갱년기인가 의심하지만, 그것도 아닙니다. 아이들이 크니 쏟았던 에너지가 남았나 했더니 역시 아닙니다.

도대체 뭐지….

아, 이유를 알아야겠습니다. 자꾸자꾸 생각해봅니다. 알겠습니다. 이게 다 엄마가 없어서 그런 겁니다. 엄마가 없어서, 나는 엄마가 없어서 그런 겁니다. 그립고, 보고프고, 불러보고 싶고, 이게 다 엄마가 없어서 그런 겁니다. 마음 한 덩어리가 떨어져 있어서 그런 겁니다.

그동안 바빴습니다. 일부러라도 바쁜 사람으로 살았습니다. 일이 없으면 대부분 엄마를 생각했습니다. 좋은 추억에는 그리워서 울고, 안 좋은 일에는 서글퍼서 울었습니다. 자책과 후회로 십 년 상을 치르고 나니, 엄마에 대한 그리움과 사무치는 시간으로 또 십 년을 지내고 보니, 이제는 엄마와의 시간을 정리해도 되겠다고 생각했습니다.

엄마에 대한 시간을, 엄마와 함께한 시간을, 글로 쓰며 추억했습니다. 엄마와의 좋고 나쁜 고맙고 서운한 모든 추억을 맘껏 끄집어냈습니다. 원 없이 그리워도 해보고 원망도 했습니다. 많이 울고 많이 웃었습니다. 감추어진 속마음도 드러내 보였습니다. 마음을 표현하고 정리하는 시간이 지나니 좀 홀가분해진 것 같습니다.

글을 쓰는 시간이 지나면 일상으로 돌아와 슬픔과 힘듦이 다시 이어집니다. 모든 것을 털어내고 아픔을 승화시키지는 못합니다. 그냥 순간 행복하고 그리워하고 감사하고 그렇게 지냅니다.

가족 하면 엄마만 떠오릅니다. 엄마와의 추억, 시간, 여행, 일상···. 엄마를 미워도 했고, 원망도 했고, 부담스러워도 했습니다. 엄마는 항상 나를 응원했고, 자랑스러워했고, 의지했습니다. 분명한 것은, 나는 엄마와 행복했습니다. 그래서 그 시간의 힘으로 살아갈 만합니다.

때로는 사는 게 버겁고, 때로는 살아 있음이 슬픔이고, 때로는 지금이, 순간순간이 힘겹습니다. 하지만 또 때로는 웃고, 또 때로는 환호하고, 또 때로는 감동합니다. 버티고 살아준 지난 시간이 지금의 나를 만들었습니다. 나는 죽지 않고 살았습니다. 이제 너무 드러내지 말고 너무 슬퍼하지 않겠습니다. 슬픈 것은 슬픈 대로, 기쁜 것은 또 기쁜

대로, 나에게 주어진 삶을 받아들여 살아갈 겁니다. 그것이 엄마가 살아온 삶이었고, 엄마 없는 내 삶이고, 또 내가 살아가야 할 삶입니다.

오늘도 엄마 없는 이곳에서 울고 웃으며 또 하루를 보냅니다.

"엄마 기억해. 나는 이렇게 살고 있어. 이만하면 살 만하지. 그러니 이제 내 걱정은 하지 마. 이다음에 인연 되면 다시 만나. 그때는 내가 엄마의 엄마 해줄게."

차
례

도대체 뭐지….

아, 이유를 알아야겠습니다. 자꾸자꾸 생각해봅니다. 알겠습니다. 이게 다 엄마가 없어서 그런 겁니다. 엄마가 없어서, 나는 엄마가 없어서 그런 겁니다. 그립고, 보고프고, 불러보고 싶고, 이게 다 엄마가 없어서 그런 겁니다. 마음 한 덩어리가 떨어져 있어서 그런 겁니다.

할매가 딸네 가는 날

선이, 806, 9

드디어 창으로 빛이 들어옵니다. 이부자리에 누워 눈만 깜빡이던 할매는 날이 밝아오기만을 기다렸다는 듯 일어나 앉습니다. 바지 속 주머니에서 꼬깃꼬깃 접은 종이를 꺼냅니다. 펼쳐진 종이 위에는 매직으로 쓴 글자가 뚜렷합니다. 글자에 눈도장을 찍고 보물을 다루듯 종이를 한 번, 두 번 정성껏 접어 다시 속주머니에 넣습니다. 그리고 누가 깰까 숨죽이며 조용히 현관을 나옵니다. 어젯밤 현관 앞에 놓아 둔 보따리를 이고 무릎에 힘을 주고 계단을 한 층 한 층 내려옵니다. 일 층으로 내려와서야 할매는 탈출에 성공한 빠삐용처럼 크게 안도의 한숨을 내쉽니다.

할매는 딸네 가는 게 어렵습니다. 까막눈 할매가 딸네 집에 가고 싶다고 해도 데려다주는 이가 없습니다. 거긴 뭐하러 가냐며 핀잔만 안들어도 다행입니다. 누가 오라 한 적이 없어도, 가봐야 반기지 않는데도, 좋은 소리 듣지 못할 거 알면서도, 할매는 또 딸네 가려고 아침부터 채비입니다.

식구들 깨울까 조용히, 가는 길 막아설까 몰래, 도망치듯 나오는 겁니다. 발걸음을 재촉해 버스 정류장에 도착해서야 손은 다시 바지 속주머니로 들어갑니다. 손녀가 글자 몇 자 적어둔 종이를 펼쳐서 한동안 쳐다봅니다. 글자도 못 읽는 까막눈 할매는 버스가 도착해서야 비로소 종이를 접어 바지 속에 넣습니다.

806번 버스가 할매 앞에 섭니다. 할매는 또 무릎에 힘을 주고 버스앞문 계단을 올라 뒷문 바로 앞에 있는 노란 커버를 씌운 경로석에 앉습니다. 보따리 하나는 발밑에 내려놓고, 또 하나는 무릎 위에 올려두고, 팔은 창가에 올려 얼굴을 받치고 창밖을 봅니다. 버스는 한참을 달립니다. 할매는 벨이 울리는 횟수를 셉니다. 그리고 이름도 모르는 할매만 아는 그냥 큰 건물을 지나 벨을 누릅니다. 어쩌다 울리는 벨수를 잘못 세거나, 봐오던 건물을 놓쳐 잘못 내렸다 싶으면 왔던 길을 돌아서 다시 걷습니다. 내린 정류장을 기준으로 쭉 걸어갑니다. 가게를 지나고 빌라를 지나고 다시 미용실을 지나면 아파트 단지가 보입니다. 처음 보이는 아파트 입구에 서서 보따리를 내려놓고 헝클어진 머리를 매만지고 위로 올라간 윗옷을 고쳐 입습니다. 머리에 졌던 보따리도 손에 고쳐 잡고 씩씩하게 걸어갑니다.

아파트 정문에서 경비실 아저씨를 만납니다.
"딸네 왔다 아인교~ 야가 하도 바빠가. 목마른 놈이 우물 파야 안 되겠는교? 얼굴이라도 볼라믄 내가 와야제? 일 보소!"

그냥 들어오면 될 것을, 부르지 않았는데 온 것을 들킬까 싶어서 장황하게 늘어놓고는 엘리베이터를 탑니다. 구 층에 멈추고 문이 열립니다. 엘리베이터에서 내려 바로 보이는 오른쪽 현관 초인종을 누릅니다. 대답이 없습니다. 아침 시간에 누가 있을 리 없는 것을 알면서 그냥 한 번 눌러봅니다. 집 현관 앞에 자리 잡고 앉습니다. 보따리를 내려놓고 매듭을 풀어 그 안에 있는 호박잎과 고춧잎을 나누어 차곡차곡 포개어 바닥에 내려놓습니다. 수건으로 현관을 닦는 듯하더니, 이내 머리를 벽에 기대곤 꾸벅꾸벅 좁니다.

엘리베이터 열리는 소리에 벌떡 일어납니다. 푸석한 머리, 자다가 깬 멍한 눈, 지친 얼굴로 딸년 얼굴을 빤히 바라만 봅니다. 딸년은 왔냐는 말도 없이 현관문을 활짝 열어놓고 먼저 들어갑니다. 할매는 보따리며 다듬어두었던 잎을 챙겨 문 닫힐세라 재빨리 따라 들어갑니다.

딸년은 선풍기를 틀고 자리에 앉습니다. 할매는 압력솥에 옥수수와 고구마를 쪄 나옵니다. 거실 한가운데 앉아 고구마와 찬물 한 잔을 말없이 딸년에게 내밉니다. 딸년은 말없이 고구마를 한 입 베어 물더니 선풍기 머리를 할매 앞으로 돌립니다. 그제야 할매도 기지개를 한 번 펴고는 고구마를 한입 뭅니다.

딸년은 여전히 왔냐는 한마디도 없이 안방으로 들어갑니다. 할매도 말없이 안방으로 따라 들어갑니다. 옷장이며 화장대며 창틀을 옮겨 다니며 걸레질을 합니다. 콜드크림이나 손가방 등 낯선 물건이라도 만지작거리면 딸년은 말합니다.

"가져."

"괘안켔나? 비쌀 긴데?"

"괘안타."

할매는 딸년 마음 바뀔세라 얼른 주머니에 넣고는 부엌으로 갑니다. 저녁상을 사이에 두고 둘은 또 먹습니다. 딸년은 밥 한 그릇을 비우고 나서 입을 엽니다.

"마있네. 여 사람들은 고춧잎을 안 먹제? 이 맛있는 걸 와 안 묵는지."

혼잣말인지 들으라고 하는지 모르는 작은 소리에 할매는 때를 놓치지 않고 대꾸합니다.

"이상타. 여가 얼마나 마있는데. 니 고춧잎 좋아하잖아. 내 어제 따났지. 오늘 올 줄 알았으면 더 따다가 삭혔을 텐데. 니라도 마이 묵으라."

열린 말문이 닫힐 기미가 보이지 않습니다. 할매는 평소에는 말이 많습니다. 그런데 딸년한테 오는 날은 말도 별로 안 하고, 딸년 눈치만 봅니다. 외삼촌이나 조카들 얘기 꺼냈다가 별거 아닌 것에 화를 내며 집에 가라고 할까, 집 좀 치우고 애들 잘 건사해라 잔소리했다가 다시는 오지 말라 할까, 봐 그럽니다.

딸년은 할매가 불쑥 나타나는 것도, 잔소리 하나하나도 거슬립니다. 할매는 딸년 얼굴 한번 보고 싶어 보따리 이고 지고, 버스를 타고 걸어서 힘든 거 마다 않고 옵니다. 딸은 그동안의 서러움이 들킬까 해서 할매를 보고 싶지 않은 겁니다. 그리고 할매는 그런 딸년이 걱정되어 꾸역꾸역 한 번씩 다녀갑니다.

할매는 딸년 주려고 이것저것 바리바리 싸서 보따리 보따리 이고 지고 옵니다. 할매는 그동안 어떻게 지냈나, 별일 없나, 안부는 묻지 않습니다. 이것 먹어라, 저것 먹어라, 자꾸만 먹으라고만 합니다. 할매가 과부가 된 딸년을 위로하는 것은, 그저 먹으라는 겁니다. 굶어 죽을까, 기죽어 죽을까, 힘들어 죽을까, 맨날 살아만 있으라고 빕니다. 어떻게든 먹고 살아만 있으면 된다고 그렇게 바리바리 싸 들고 와서는 입에 하나라도 들어가게 합니다.

저녁상을 치우고 딸년은 묻습니다.
"안 가나?"

"더운데, 오늘 자고…. 내일 가야 않겠나?"

딸년은 대답 없이 장롱에서 이불을 꺼내고, 베개 두 개를 나란히 놓아두고, 먼저 이부자리에 풀썩 드러눕습니다.

"내 잔다. 엄마 니도 자라. 낼 아침 일찍 델따 줄게."

할매는 이제야 또 한 번 안도의 숨을 거들며 자리에 눕습니다. 잠이 들었나 싶더니, 할매 다리 한쪽이 딸년 배 위에 척 올라갑니다. 딸년 손은 그새 배 위에 올려진 할매 다리 위에 포개집니다. 어느 새 둘은 서로 바라보며 잠을 잡니다. 잠자는 할매와 딸년, 둘은 복사판입니다. 왼팔을 포개어 베개 삼아 머리를 받쳐 들고, 다른 한쪽 팔은 이불을 돌돌 감싸는 것이 둘 다 닮았습니다.

선이, 806, 9

까막눈 할매는 글자가 적힌 종이 한 장만 가지고 딸네를 찾아옵니다. 그런데 집으로 가는 길은 모른다고 합니다. 그래서 항상 올 때는 혼자 몰래 오지만, 갈 때는 매번 딸년이 데려다줍니다. 할매는 정말 할매 집 가는 길을 모르는 걸까요?

천 개의 바람이 되어

사람에게는 용기가 필요한 순간이 있습니다. 낯선 환경에 적응하고 새로운 사람을 만나고 도전하는 순간에 가장 중요한 것은 용기입니다. 멈출 때를 알고 내려놓을 때를 알아 행하려면 용기가 필요합니다. 기억을 지워야 할 때도 기억을 되돌려야 할 때도 필요한 것이 바로 이 용기입니다.

어렵다, 힘들다, 어색하다는 말은 나에게 사치였습니다. 낯선 환경에서도 새로운 사람과도 참 잘 지냅니다. 잘 지내야 했습니다. 익숙한 자리에 머물러 있다면 그때가 다시 떠나야 하는 순간이었습니다. 오랫동안 나는 한자리에 오래 머물지 못하고 걷다가 뛰다가 온종일 그렇게 종종거렸습니다. 그러지 않으면 살 수 없을 것 같았습니다.

누울 자리를 보고 다리를 편다고. 내 자리라고 명명할 그곳에 두 다리 펴고 쉴 여유가 없었습니다. 그런 여유를 부리는 나 자신이 낯설었습니다. 엄마를 잃고 그렇게 살았습니다.

어느 날, 그 힘겹고 지긋한 시간 속에서 호사를 맞았습니다. 가던 길을 멈추고 모든 공기의 흐름 속에 갇혀 머물렀습니다. 공기가 압축해서 작은 우주를 만들었고 그 우주 속 공기는 음악으로 가득 채워졌습니다. 세상도 나도 일시 정지된 상태로 음악을 들었습니다. 그게 뭐 그리 큰일이라고 음악 하나 듣는 그 찰나를 위해 용기가 필요했습니다. 그 속삭이는 노랫말은 엄마와의 추억과 아픈 기억을 되살렸습니다.

홍차에 찍은 마들렌을 입에 넣었을 때 고향을 그림처럼 펼쳐 보였던 프루스트처럼 나는 전주에 몸을 멈칫하고 노랫말에 가슴을 멈칫했습니다. 그리고 엄마를 불러왔습니다. 엄마가 너무 그리워서, 엄마와의 날들이 사무치게 그리워서, 오랫동안 엄마를 떠올리게 하는 음악 하나도 들으려 하지 않았는데…. 슬픔을 들킬까, 눈물을 보일까, 아무데서 아무렇지 않게 음악을 들을 수 없었는데….

그날, 가을빛이 강하게 쏟아지던 오후, 라디오에서 흘러나온 노래가 가슴을 때리고 머리를 쳤습니다. 바람 같은 이 노래가 자동차 충돌 사고 직후처럼 내 몸을 하늘 높이 붕 띄워 올렸고, 천 개의 노랫말이 내 머리를 어찌나 세게 때렸는지 머릿속이 멍해졌습니다.

　임형주가 부르는 '천 개의 바람이 되어' 엄마를 기다립니다. 오지 않
을 엄마를 기다리다 울다 지친 어린아이처럼 말이지요. 이 노래 전주
만 들어도 나는 눈물이 났고 결국 펑펑 울었습니다.

　이 노래가 듣고 싶을 때면 혼자 운전석에 앉아 동네 터널 입구 갓길
에 차를 세웁니다. 한바탕 소동이 일어난 듯 차 안은 노래와 내 울음
소리로 가득 찹니다. 나는 한동안 이 노래를 들으려면 용기가 필요했
고, 혼자 몰래 울면서 들을 수 있는 장소를 찾아 머물러야 했습니다.
발버둥을 치듯 몸서리치며 울부짖었습니다. 한 번, 두 번, 세 번. 나는
울고 울고 울었습니다. 얼마나 울었을까요. 이젠 내 몸이 이 노래를
기억하고 눈물의 면역력을 길러주었습니다. 다행입니다.

　정말 맛있는 음식도 처음 맛본 기억을 따라가지 못합니다. 처음 한
번은 놀랍고 경이롭습니다. 두 번째 먹을 때는 처음보다 못합니다. 세

번째는 또 두 번째보다 못합니다. 그러면 더는 먹지 않게 됩니다. 울음도 그렇습니다. 그 음악을 처음 만난 날, 손바닥으로 가슴을 치고 발버둥 치며 미친 듯이 울어댔습니다. 두 번, 세 번, 열 번은 더 들으며 그렇게 울어대다가 어느 날 가슴을 치던 손이 가슴을 쓸어내렸고, 발버둥 치던 나는 가만히 눈을 감고 있었습니다. 이제는 대단한 마음가짐 없이도 별다른 마음의 준비 없이도 들을 수 있는 겁니다. 됐습니다. 그러면 된 겁니다.

지금 차를 멈추지 않고 라디오 볼륨을 높이고 이 노래를 따라 부릅니다. 이렇게 아무렇지 않게 음악 감상을 한다는 게, 노래를 듣고 따라 부른다는 게, 그때는 내게 가장 힘든 일이었습니다.

방금 텔레비전 음악 프로그램에서 김영옥 님이 부르는 〈천 개의 바람이 되어〉를 듣다가 나는 놀랐습니다. 나는 설거지를 하고 있었고 입으로는 그 노래를 따라 흥얼거리고 있었습니다. 한때는 울다가 지쳐

단 한 번도 끝까지 들을 수 없던 노래였습니다. 그런데 나는 오늘 가사를 읊고 리듬에 손가락 장단을 맞추고 있습니다. 코끝이 핑그르르 찡했지만 그래도 참고 덤덤한 내 모습이 민망할 만큼 낯설고 아련합니다.

그리움과 사무침에도 시간이 약인 걸까요. 이제 슬픔에서 조금은 벗어난 것 같습니다. 엄마 없이 어찌 살아가나 울고 울던 그 딸애는 이제 엄마가 되었습니다. 울다가 소리쳐 울다가 지쳐갔던 그 어린 딸애가 말입니다.

백중 1, 기도 여행

　부산은 나에게 가고 싶은 곳, 머물고 싶은 곳입니다. 이번 여름 휴가
는 2박 3일 부산에 다녀왔습니다. 아이들이 크니 여기저기 다니며 체
험할 일이 줄어서도 그러했지만, 이번 여행은 숙소에서 지내는 시간이
많았습니다. 호텔과 기차표는 인터넷으로 예약해두었습니다. 먹는
것은 돌아다니면서 식당을 이용하기로 했습니다. 여행 준비에 시간
을 쓰지 않고 애를 먹지 않았으니 나에게는 여러모로 편한 여행이었
습니다.

　첫날은 태종사입니다. 태종사는 부산 영도다리 끝 태종대로 향하는
달빛오름길에 있는 절입니다. 부산은 바다가 많은 데 비해 산이 거의
없습니다. 태종대는 바다와 울창한 숲을 풍경으로 맞이합니다. 바다

를 끼고 바닷바람을 맡으며 태종대 길을 한 시간 대충 걷다 보면 부산 여행의 진미를 느낄 수 있습니다. 가는 길에 태종사가 있는데, 6월이 면 만개한 수국이 예쁜 절로 유명합니다.

여름 휴가로 부산을 갈 때는 태종사 수국 축제나 해운대 해변 축제 에 맞춥니다. 이번에는 태종사에 들를 계획이라 평소보다 보름 앞당 겨 왔습니다. 늦은 아침밥을 먹고 태종대로 가는 오름길에 발을 내딛 자 바닷바람이 더운 공기와 만나 내 피부에 닿습니다. 아이들은 이런 날씨가 마음에 들지 않습니다. 주머니에 넣은 한 손은 꺼내 쫙 펴서 부채질하고, 다른 한 손은 우산 삼아 손등으로 해를 가립니다. 아이 들은 곧바로 태종대 주변을 운행하는 노란 다누비 열차 쪽에 가 있습 니다.

날씨가 선선했더라면 모를까, 이 날씨에 열차를 마다할 핑계는 없지요. 태종대를 향하던 열차는 중간에 멈추었는데 많은 사람이 함께 내립니다. 모두 태종사에 수국 보러 가는 모양입니다. 코로나19로 두 해째 수국 축제는 열리지 않았는데, 올해도 개최 소식은 없었습니다. 다만 해마다 이맘때, 이곳에 오면 만개한 수국을 볼 수 있으니 개화 시기에 맞추어 들른 겁니다. 보통은 수국 보러 온 관광객들로 절 내가 붐볐을 텐데 이번에는 비 온 뒤라 만개한 수국도 붐비는 사람도 없어 오히려 단출하니 좋습니다. 아이들이 사진을 찍고 바위에 앉아 쉬는 사이 종무소에서 산 공양미를 법당에 올립니다. 불전에서 물러나 부처님 전에 삼배하고 나옵니다.

둘째 날은, 바다에서 놀지 않고 바다 구경하러 해동 용궁사에 갑니다. 용궁사는 기장 바다에 있는 절로 유명합니다. 주차장에서 사찰 입구까지는 꽤 걸어야 합니다. 양쪽에 상점들이 죽 늘어서 있는데 먹거리도 볼거리도 괜찮습니다. 여긴 그냥 관광지 입구에 늘어선 시장 느낌입니다. 입구에서 조금 걸어 백팔계단을 걸어 내려가면 용궁사 전경을 볼 수 있습니다.

용궁사 주변을 걷다가, 용이 승천하는 조형물과 대형 포대 화상을 봅니다. 강하게 철썩이며 바위에 부딪는 파도와 그 거친 파도 소리, 붉은 펜스와 우체통 주변에 삼삼오오 모여 사진을 찍고 웃는 사람들, 뛰어다니는 아이들을 건사하느라 바쁘게 움직이는 가족들, 이 모든 풍경이 해동 용궁사답다고 느끼기에 충분합니다.

아이들이 주변을 둘러보는 사이, 나는 법당에 들어가 공양미를 올리고 합장하고 바로 나옵니다. 공양미 삼백 석이면 심 봉사 눈을 뜰 수 있다고 했는데, 나는 공양미 삼백 석과 바꾸고 싶은 것이 무엇일까? 생각합니다. 대답은 하나. 그 답을 하고 싶어 질문을 던진 것이지요. 바닷속에서 출현하거나 하늘로 승천하는 엄마. 아니, 그것까지는 바라지 않습니다. 편안한 모습으로 어쩌면 그렇지 못한 모습으로라도 얼굴 한번 볼 수 있다면 공양미 삼백 석을 바로 내어드리리다.

셋째 날은, 부산에서 제일 큰 절을 보여주겠다고 범어사로 걸음을 옮깁니다. 걷는 것이 고행이라, 누구 하나 들뜨지 않고 모두가 무념무상입니다. 그나마 우거진 나무들 사이로 걸으면 해는 피할 수 있어서 다행입니다. 중간에 덥다고 힘들다고 불평하면 어쩌나 눈치를 보는데, 그리 덥지 않아 터벅터벅 그런대로 걸어 올라갑니다. 범어사는 일단 크고 웅장합니다. 절은 스님을 닮는다고 합니다. 그런데 이 절 주지 스님은 처음부터 본 적이 없으니 절과 스님 성품이 어떤지, 닮았는지 알 수가 없지요. 이 절은 그냥 부산을 닮았습니다. 사찰 대웅전이며 법당의 크고 웅장함이 부산 바다를 닮았습니다. 담장과 개성 있는 나무들은 강한 사투리를 톡 쏘아붙이는 부산 아지매를 쏙 빼닮았습니다.

이번 법당에도 이전 두 곳과 다르지 않게 공양미 올리고 삼배를 올렸습니다. 이 절은 크기가 큰 만큼 볼 것이 많은지라 가족들이 둘러보는 시간이 더 늘었습니다. 덕분에 자리 깔고 앉아 축원 기도까지 할 시간을 벌었습니다. 기도하고 법당에서 나와 일주문을 지나 주차장까지 다시 걸어 내려옵니다. 배웅하는 이 하나 없는데도, 마치 친정엄마가 손이라도 흔들어주듯 아쉬움에 자꾸 절을 뒤돌아봅니다.

"이번 여행은 뭐죠?"
"그냥…. 사찰순례라 하지 뭐. 어때?"
"음…. 나쁘지 않아요."

마지막 사찰을 뒤로하고 걸으며 나지막이 혼자 속삭입니다.
'엄마, 이번 여행은 엄마를 위한 거야. 어때? 나랑 여행하니까 좋지?'

"엄마, 이번 여행 너무 좋았어요."

백중2, 백팔계단 해동 용궁사

그
옛날에

뜨거운 여름날에 백팔계단을 오르며 엄마와 함께 바다를 보던
어린 여자애가 있었습니다
백팔계단을 내리며 엄마와 함께 얼굴에 맺힌 땀을 닦던
어린 여자애가 있었습니다

지금
그날에

추운 겨울날에 백팔계단을 오르며 어린 딸애와 아미타불을 읊는
젊은 엄마가 있습니다
백팔계단을 내리며 어린 딸애와 화엄성중 부르는
젊은 엄마가 있습니다

옛날에, 그 어린 여자애는 엄마 없이 혼자 살다가
지금은, 어린 딸애가 있는 젊은 엄마가 되었습니다

언젠가 다시 한번
꼭 한번 다시 와야지 해놓고

십 년,
십 년,

세월이 지나 이제야 왔습니다.

백팔계단 해동 용궁사

그리움과 사무침에도 시간이 약인 걸까요.
이제 슬픔에서 조금은 벗어난 것 같습니다.
엄마 없이 어찌 살아가나 울고 울던 그 딸애는
이제 엄마가 되었습니다.

**울다가 소리쳐 울다가 지쳐갔던
그 어린 딸애가 말입니다.**

합창, 자기를 낮추어 조화를 이루는 것

합창단 8월 23일부터 재개합니다.

반가운 문자를 받았습니다. 아, 얼마나 기다렸는지요. 코로나19가 장기전에 돌입하면서 이 년 전 임시 휴강이던 합창단이 폐단 결정을 내렸습니다. 이제 단원들의 염원이 모여 다시 합창단을 재개한답니다. 어려서부터 노래 부르는 것을 좋아했고, 어린이 동요제에도 참가하고, 어린이 합창단원으로 활동했습니다. 나는 대전에 있는 태전사 무우수 불교 합창단원입니다.

육아를 하던 중 일주일에 두 번 아이들이 다니는 피아노 학원에 등록했습니다. 타인이 연주한 곡을 귀로 듣는 즐거움을 누리다가 내가 직접 연주하는 즐거움을 느끼고 싶었습니다. 일명 적극적인 유희라고 해야 하나요? 그러나 악기를 다룬다는 즐거움도 잠시 처음 열심히 배워 멋지게 연주하자던 의지는 어디 가고 악보 보랴 건반 두드리랴, 즐기려 시작했던 피아노가 점점 두려움과 자신 없음으로 변했습니다. 간신히 악보 읽는 법만 익히고 조용히 학원을 나왔습니다.

합창시간에는 피아노를 배울 때처럼 여전히 악보 보는 것이 어려웠습니다. 엄마가 찬불가 부르는 방법을 떠올렸습니다. 엄마도 악보를 볼 줄 모릅니다. 엄마는 노래하는 것을 좋아했고 찬불가도 잘 불렀습니다. 노래하는 법도 모르고 찬불가 연습도 하지 않는데 잘 부릅니다. 울림통이 크고 목소리가 좋은데 흥도 있으니 대충 불러도 웬만한 가수만큼은 합니다.

엄마는 음표를 읽을 줄 모르니 악보를 보지 않습니다. 그 대신, 음악이나 반주가 녹음된 테이프를 듣고 음을 외웠습니다. 가사를 음미하고 입으로 말하듯 외웠습니다. 나도 엄마처럼 따라 했습니다. 연습 날엔 가능한 악보를 보지 않고 지휘자의 지휘와 표정으로 음정 박자의 변화를 찾으려 했습니다. 그 정도면 다른 단원들에게 큰 피해 없겠다 싶어서 겁 없이 합창을 진행 중입니다.

처음 합창단에 들어가서 연습한 지 두 주쯤 지났을까요. 옆에 분이 나에게 조심스럽게 말씀하시길,

"합창은 자신을 낮추는 거예요. 여기에서는 소리를 듣고 그들과 조화를 이루어야 해요. 그러려면 자기 목소리를 낮추어야 해요. 선하 씨는 젊어서 그런지 목소리에 힘이 있고 소리도 맑아요. 그런데 목소리가 좀 튀어요."

음도 못 맞추면서 목소리만 내지른다, 싶은 생각에 창피했습니다. 우렁찬 목소리 하나로 노래 부르러 합창에 들어왔는데 목소리를 낮추라니, 그럼 내가 할 게 없는데… 싶었습니다.

그러다가 지휘자님의 손길을 보았습니다. 지휘자는 두 손을 화려하게 역동적으로 내두르지 않습니다. 꼭 느리고 고요한 노래가 아니라도, 힘 있고 활기찬 노래를 지휘할 때도 지휘자는 통제된 손길로 단원들과 눈을 맞추며 내려놓으라는 신호를 보내고 있었습니다.

다른 단원들의 표정도 살짝 들여다보았습니다. 아…. 목소리를 낮추라는 것이 이런 거였구나. 단원들 모두 악보와 지휘자의 손을 번갈아 보면서 다른 소리에도 귀를 기울이고 있었습니다. 내 악보와 내 박자만 신경 쓰는 것이 아니었습니다. 자신이 속한 파트의 옆 사람 소리와 다른 파트의 소리에도 귀 기울이고 있었습니다. 노래를 힘 있게 부르되 다른 사람의 소리를 듣고 자신의 소리를 낮추어 화음을 이루는 것이었습니다.

텔레비전에 나오는 노래 잘하는, 가창력 있는 가수를 보면 무대에서 쓰러질 듯 열창하죠. 그러면 우리는 그들의 터질 듯한 소리에 함께 동요되어 슬퍼하고 환호하고 그러면서 저 가수 노래 참 잘해, 생각했죠. 그러나 무대 위에 혼자 서 있는 독창과 합창은 분명 다른 거였습니다. 힘은 있으나 남발하지 않고, 슬프고 즐거우나 과하지 않는 것. 크게 드러나지 않으면서 절제된 화음이 듣는 이에게 감동으로 전해지는 것. 이것이 내가 알게 된 합창이었습니다.

내 감정을 크게 드러내지 않으면서 다른 사람에게 감정을 전달하는 것. 그것은 표정과 소리로도 가능한 것이었습니다. 나 하나는 작지만 여럿이 모여 커지고, 그것이 서로 화음을 이룬다는 합창. 매주 수요일 합창 연습 날은 한 주의 중심에 있었습니다. 나를 낮추고 다른 이의 소리를 듣는 연습하러 합창하러 갑니다. 이제 그 기다림이 월요일로 변경됩니다. 새로운 한 주의 시작은 어우러진 화음으로 조화롭습니다. 모나고 거칠던 내가 그곳에 있습니다. 이제는 좀 더 다듬어진 채로.

사찰음식은 엄마를 닮았다

재주 많은 스님을 보면, 스님이 스님 된 것이 참 안타까울 때가 있습니다. 몇십 년이 지나도 철학과 세련미가 여전한 법정 스님이 그렇고, 직관과 통찰로 한 줄 한 줄이 시원한 용수 스님이 그렇습니다. 서산 서광사 주지 도산 스님은 염불도 잘하고 노래도 잘 부릅니다. 붓글씨로 그림을 그리는 지호 스님은 어떤가요. 그리고 사찰음식 하면 선재 스님이 빠질 수 없습니다. 스님 된 덕분에 당신의 재주를 펼치며 수행을 하고 불자들에게 친근하게 불심을 전합니다.

> 사찰음식은 맛의 측면에서도
> 음식의 맛, 기쁨의 맛, 기의 맛, 이 세 가지를 충족시킨다.
> 음식의 맛이란 식품 그 자체가 주는 맛이고,

기쁨의 맛이란 음식으로 인해 마음이 기뻐진 것으로서,

그 기쁨으로 음식이 좋은 약이 될 수도 있다.

기의 맛이란 수행으로 얻을 수 있는 맛이다.

_선재 스님 책《사찰음식》중에서

사찰음식은 화려하지 않고 딱 제 위치에서 재료 본래대로 알뜰살뜰 제맛을 냅니다. 그게 진짜 요리지요. 삶는 것이라면 국물까지 먹는다는 말은 불가에서 전해지는 먹을거리의 지혜 아닌가 합니다. 공양간에 가보면 채소 삶고 난 국물은 각종 국 베이스로, 그 채소 육수를 끓이고 남은 버섯은 다시 거두어 양념해서 색다른 반찬으로 재탄생합니다. 국수 삶아낸 묽은 풀물로 열무김치를 담고, 쌀뜨물로 미역국을 끓였던 엄마처럼 말이지요. 사찰음식이 그런 내 엄마 요리와 닮은 것이지요.

절에서 먹는 음식은 정적이면서도 정서적인 느낌을 받습니다. 봄이 오면 산에서 캐 온 쑥으로 쑥설기, 쑥개떡을 해 먹습니다. 나는 쑥 향을 좋아해서 이맘때는 쑥개떡 하나라도 얻어먹을 요량으로 절 공양간을 기웃거립니다.

어릴 적, 엄마는 봄이 되면 쑥개떡을 쪄서 냉동실에 얼려두었습니다. 엄마는 민간요법을 많이 알았는데, 그중 배탈이 나거나 입맛이 없으면 냉동실에서 쑥개떡을 몇 개 꺼내 밥솥에 넣어두었습니다. 밥통에서 익은 쑥개떡을 꺼내 먹을라치면, 밥풀 뜯어 먹으랴 쑥개떡 베어 물랴 내 입이 여간 바쁜 게 아니지요. 아마도 어릴 적 먹은 그 쑥개떡 덕분에 봄철 쑥 향은 '엄마에 대한 그리움'이 되었을지도 모릅니다.

사실 엄마 요리 솜씨는 별로였습니다. 요리 솜씨 없는 엄마였지만, 자랑할 만한 엄마 요리가 있습니다. 고들빼기 무침. 어릴 적 우리 집은 고들빼기를 씀바귀라고 불렀습니다. 엄마는 봄나물을 무칠 때 고추장보다는 된장으로 간을 하고 생두부를 으깨어 같이 버무렸습니다. 엄마는 음식을 짜게 먹었는데, 맵고 짠 음식을 안 먹는 나를 위해 두부를 으깨어 간을 심심하게 하려고 한 모양입니다. 고기도 잘 먹지 않으니 두부로 단백질을 보충시키려 했을지도 모릅니다. 엄마는 두부가 들어간 반찬을 먹을 때면 항상 "밭에서 나는 단백질은 뭐?" 묻곤 했습니다.

고들빼기는 진짜 씁니다. 어른이 먹어도 약만큼 써서, 여간해서는 아이가 고들빼기를 먹지는 않습니다. 그런데 엄마는 약이 되는 반찬을 주로 해주었고 맛없어도 약이라 생각하고 먹으라 했습니다. 나는 엄마가 해준 음식을 식사나 요리보다는 몸에 좋으니까 먹는다, 는 마음이 앞섰던 것 같습니다. 돌이켜보면, 이런 약이 되는 엄마 밥상 때문에 내가 입이 짧아졌는지도 모릅니다. 아니면 내가 먹는 것이 시원찮아서 엄마가 그렇게라도 먹이려 했던 건지 모르겠네요.

어쨌든, 그때는 그렇게 맛없고 써서 안 먹던 고들빼기가 봄이 되면 딱 한 번은 생각이 나서 밥상에 올립니다. 한 접시를 올리면 딱 한 번 젓가락이 올라가지만 그래도 그 쓴맛이 인생보다야 쓰겠나 싶어 밥 한 숟가락 크게 떠서는 그 위에 고들빼기 한 줄 올려 입안에 넣고는 한동안 씹어 꿀꺽 삼킵니다. 그러면 봄이 가고 여름이 옵니다.

음식으로 그 사람을 알 수 있습니다. 그리고 요리하는 메뉴와 재료로 그 사람의 마음과 정성도 읽게 됩니다. 고향의 맛, 엄마의 맛, 이런 게 대부분 어릴 적 고향에서 엄마가 해주던 음식이지요. 단지 음식의 맛을 기억하는 것은 아닙니다. 나에게 먹이려고 재료를 씻고 삶고 볶으며 애쓴 시간과 정성을 알아차리는 것입니다. 그 마음을 알기에 그 맛이 오래도록 잊히지 않는 것입니다. 그것이 엄마의 손맛이고 그리움인 거지요. 곧 봄이 옵니다. 씀바귀 뿌리를 깨끗이 씻어 끓는 물에 데쳐 건지고 물기 꼭 짜서 된장과 들기름만으로 간을 해서, '밥 한 그릇 뚝딱!' 해야겠습니다.

엄마가 있는 졸업식

코로나19로 많은 것이 변했지요. 가족, 직장 동료, 친구를 만나는 횟수가 적어졌습니다. 시국을 핑계 삼아 꼭 필요하지 않거나 피로한 모임은 뒤로 미루어두었습니다. 지난 이 년간 사회적 거리두기 속에서 가족 행사는 물론이고 학교, 회사, 커뮤니티의 각종 행사와 이벤트에 변화가 있었습니다. 온라인이나 소규모로 행사를 치르거나 이도 아니면 아예 생략하기도 했습니다. 코로나19가 있기 전까지만 해도, 학교 졸업식은 결혼식과 돌잔치, 운동회나 학예회처럼 이벤트가 있는 그야말로 축제 분위기였습니다. 부모와 형제는 물론, 멀리서 할아버지 할머니까지 와서는 가족 잔치를 방불케 했지요.

그러고 보면 나는 운동회와 소풍, 졸업식과 입학식 등 학교행사가 그리 반갑지 않았습니다. 학교에 올 수 있는 부모님이 없었습니다. 아빠가 없었고, 엄마는 바빴고, 할매는 멀었습니다. 엄마는 하루하루 바쁘다는 것을 아니까 학교에 와달라는 말도 꺼내기 어려웠습니다. 나는 이때부터 엄마를 생각하고 눈치를 살피는 애늙은이가 되었나 봅니다. 내가 말하지 않으니 엄마가 졸업식이니 운동회니 신경 써서 학교에 오는 일은 없었지요.

"바빠서 갈 수 있을지 모르겠어. 그래도 시간 되면 갈게."
엄마는 갈 수 있으면, 했지만 결국 오지 못했습니다. 다른 친구들을 볼 때면 부럽기도 했지만, 또 그날이 지나면 괜찮아졌습니다. 서운함과 아쉬움도 그런 감정이 반복되면 받아들이는 사람도 무뎌지나 봅니다. 아니면 시간이 약이라고 어렸으니까 그날만 지나면 또 금세 잊힌 것인지도 모르겠네요.

초등학교 육 년 동안 엄마가 학교에 온 적은 딱 한 번 초등학교 졸업식 날이었습니다. 그날 엄마는 생화 살 돈이 아깝다고 조화를 사 왔는데, 그때 그 빨간 장미가 어린 내 눈에도 참 촌스러워 보였습니다. 물론 나는 꽃다발 따위가 중요하지 않았지요. 기대도 안 했던 엄마가 와주었는데, 이 이상 뭘 바랄까요.

졸업식이 끝날 무렵, 학교에 뒤늦게 도착한 엄마는 운동장에서 나를 찾아 손을 흔들고 내 졸업식을 구경하고 있었습니다. 그리고 졸업식이 끝나자 부리나케 내 팔을 잡아끌고는 운동장 한가운데 세웁니다. 내 뒤로 조회대에는 교장 선생님이 서 있고, 태극기가 바람에 휘날립니다. 엄마는 교장 선생님과 태극기를 배경에 두고 나를 찍습니다. 교문 앞에도 세우고 급하게 또 사진을 찍습니다.

"엄마 잠깐 들른 거야. 엄마 먼저 갈게. 집에서 봐. 꽃은 집에 가져다 놓고."

다른 친구들은 부모님과 함께 학교 앞 식당으로 갔습니다. 나는 운동장 한가운데 서서 엄마가 교문 밖을 나가는 것을 보고 혼자 집으로 돌아왔습니다. 애꿎은 빨간 조화를 현관에 내던지다시피 하고는 거실 바닥에 누웠습니다. 나도 친구들처럼 자장면 먹으러 중국집도 가고, 돈가스랑 샐러드 먹으러 레스토랑도 가고 싶었는데. 엄마가 오지 않았다면 그런 욕심도 나지 않았을 테지만, 와서는 얼굴 한 번 쓱 내밀고 가는 엄마가 못내 서운합니다.

항상 그랬습니다. 바쁜 엄마가 오지 않는 것을 매번 경험하면서도 '이번에는 혹시나' 하는 마음에 교실 뒤를 기웃거리고, 운동장을 한 바퀴 돌아봅니다. 혼자 두리번거리고는 '안 오네' 했습니다. 그날은 엄마가 와서 기쁘기도 하고, 더 많이 서운하기도 했던 내 초등학교 졸업식 날이었습니다.

핸드폰에 저장한 사진을 정리하다가 몇 해 전 아들 졸업식 사진을 보았습니다. 졸업식이 있던 날 아침, 사 온 꽃을 만지작거리며 강당 뒤편에 서서 아들 반으로 눈을 돌립니다. 금세 아들을 찾았습니다. 유독 아들 뒤통수만이 무엇을 찾는 듯 분주하게 좌우로 계속 움직였으니까요.

"바쁘면 안 와도 돼요. 괜찮아요."

며칠 전, 졸업식에 참석하려고 일정을 바꾸는 나를 보더니 아들이 먼저 꺼낸 말이었습니다. 말은 그렇게 해놓고 내심 기다렸을 심정이 아들의 뒤통수에서 그대로 읽혔습니다. 나를 찾으려 두리번거리던 아들이 나와 눈이 마주치자 '왔네' 하는 표정으로 이를 드러내며 환하게 웃습니다. 그러고는 두 번 다시 뒤돌아보지 않고 친구들과 이야기 삼매경에 빠져들더군요. 어느새 아들 등이 활짝 펴지고 어깨에 힘이 들어갔습니다.

　그동안 나는 아들 학교행사에 많이 가지는 못했습니다. 바쁘기도
했지만, 시간을 내면 갈 수 있을 때도 꼭 가야 하나 싶어서 안 간 적도
있었습니다. 내가 엄마를 기다리다 느꼈던 그 외로움과 실망을 아들
도 같이 느꼈을 텐데. 아들 졸업식에 가길 정말 잘했습니다. 아니 당
연히 가야 할 자리였습니다. 엄마의 등장만으로도 이렇게 기운이 나
는 것을, 엄마가 왔다는 것만으로도 이렇게 당당해질 것을, 내가 어렸
을 때 그랬던 것을 조금 늦게 알아버렸네요.

　평소에도 그러했겠지요. 아이에게 세상에서 느끼는 가장 큰 차이는
엄마가 있고 없고입니다. 아들 어깨에 힘이 팍 들어가고 아니고 차이
는 바로 나, 엄마가 있고 없고 차이지요. 내가 가면 내 아들이 힘이 나
는데 미룰 일이 아니었습니다. 아들에게 내가 필요한 자리라면, 나는
열 일 제치고 가겠습니다.

유전, 검정 봉지

　첫째를 키울 때는 엄마가 된 게 처음이라 모든 게 낯설고 당황스러웠습니다. 아이 성향이나 요구와 상관없이 남들이 좋다면 한 번 해보는 시행착오의 연속이었습니다. 고지식하다 싶을 정도로 규칙적인 생활을 지도했고, 아이에 대한 기대와 욕심이 과할 때도 있었습니다. 내 삶이 첫째에게 집중되었기에 반면 둘째는 경험해봐서 아는데, 하는 여유와 요령이 생겼습니다. 첫째에게는 꼭 해줘야 한다고 생각했던 신념이, 용납되지 않던 일이, 둘째에게는 안 해도 돼, 괜찮아, 하며 허용범위가 유연해졌습니다. 그래서 그런지 첫째는 규칙을 지키고 엄마 둘레에서 크게 벗어나지 않고 고분고분 말 잘 듣는 아이로 컸습니다. 둘째는 좀 더 자유롭고 융통성이 있으며 때때로 잔머리를 굴리고 뺀

질거리기까지 합니다.

아침이었습니다. 첫째는 지각하면 큰일 나는 줄 알아 벌써 학교에 갔습니다. 둘째는 유치원에 도착해서 실내화 신고 교실로 들어가야 마음이 놓입니다. 현관에서 신발을 신었다 벗었다 하는 모양새가 오늘은 쉽게 유치원에 갈 기세가 아닙니다. 슬슬 둘째 눈치를 봅니다. 엄마와 딸내미의 신경전이 시작됩니다. 젤리를 보이며 '유치원 가자!' 유혹합니다. 지각 안 하면 저녁에 마트 가서 뽑기를 해주겠다는 공략도 내겁니다.

"나 오늘부터 유치원 안 가. 재미없어."
"유치원 안 가면 심심해서 뭐 하게?"
"이따가 오빠 따라서 학교 갈래."

아. 이러면 아주 곤란해집니다. 첫째가 그랬다면 눈 한번 껌뻑하고, '가자!' 한마디면 끝나겠지요. 둘째는 다르게 대처해야 합니다. 협박도 흥정도 통하지 않고 일단 안 간다고 하니, 이제부터는 내가 적극적으로 협상을 해야 합니다. 한 발 전진을 위한 한 발 후퇴는 이럴 때 필요합니다.

선생님~ 오늘 유치원 많이 늦어요. ㅜㅜ. 점심 먹여 보내겠습니다.^^

나는 유치원에 아이가 늦겠다는 내용과 죄송하다는 문자를 보냅니다. 그리고 오히려 내가 더 놀 기세로 일어섭니다.

"그래. 유치원 가지 마!"

"진짜?"

"대신 엄마랑 놀고 점심 먹고 이따가 가는 거야?"

"응! 근데 우리 뭐 해?"

"목욕탕 가자."

물놀이를 좋아하는 딸내미를 위해 물놀이장 대신 목욕탕으로 향합니다. 목욕탕에 들어서기 전, 쇼핑몰 안에 있는 문구점을 통과합니다. 그곳에서 미니 장난감이 들어 있는 초콜릿 볼 하나를 삽니다. 머리도 감고 몸도 구석구석 닦다 보면 여느 물놀이만큼 재밌습니다. 씻고 나와 식당으로 갑니다. 오늘 점심 메뉴는 자장면 하나, 짬뽕 하나, 탕수육 작은 거 하나. 음식을 주문하고 기다리는 동안 나는 검정 봉지에 뭐가 들었나 궁금해 열어봅니다. 목욕탕에서 먹고 남은 구운 계란 하나, 장난감 하나, 테이블에 놓여 있던 물티슈 하나. 유치원 가방은 딸내미에게 잊힌 지 오랩니다. 다 먹고 일어나서는 그 검정 봉지가 보물인 양 꼭 안고는 식당을 나옵니다. 검정 봉지 손에 쥐고 휘휘 돌리며 씩씩하게 걷는 딸내미 뒷모습이 얄밉기도 하고 귀엽기도 합니다.

딸내미를 보면 우리 엄마도 딱 요랬을 것 같습니다. 비닐봉지에 이것저것 담아서 둘둘 묶어서 여기저기 놓아두었던 엄마가 생각납니다.

엄마는 가방이 없는 것도 아닌데 나갔다가 들어올 때면 꼭 뭔가를 검정 봉지에 넣어 들고 들어옵니다. 특히 뷔페에 다녀온 날은 가방에서 검정 봉지가 나오는데 그 안에는 떡이 들어 있습니다.

"먹어봐!"

"예식장 갔었어?"

"응. 난 많이 먹었어. 이건 너희 먹어."

엄마는 밖에서 맛있는 것을 먹고 들어오면 혼자 먹은 것이 그렇게 미안했나 봅니다. 깨끗한 흰 봉지도 있는데 꼭 검정 봉지에 담아 옵니다. 누가 볼까 창피하기는 하고, 집에 있는 애들 먹이려니 가지고는 와야겠고. 그래서 눈에 띄지 않게 하려고 검정 봉지에 담아 옵니다.

엄마는 백화점을 가서도 예쁜 옷을 보면 가격표를 먼저 확인합니다. 옷 가격을 확인하고는 머릿속으로 계산기를 두드리는 습관이 있습니다. 내 옷 하나 사는 대신 이 돈이면 고기가 두어 근이고, 애들 육성회비도 내겠어, 생각합니다. 그러고는 옷을 내려놓습니다. 엄마는 백화점에서 옷을 본 날은 정육점에 들러 고기를 끊어 옵니다. 화장품 가게에 간 날엔 립밤과 양말을 사 옵니다. 뷔페에 가는 날이면 떡을 싸 옵니다. 엄마가 외출했다 들어오는 날엔 항상 손에 검정 봉지가 들려 있습니다. 뭐가 들었기에 저리도 신이 났는지 검정 봉지를 허공에 휘휘 돌리며 당당하게 들어옵니다.

제삿날 1

자식 보고파 얼굴 보려고 왔나
엄마 배고파 잿밥 먹으러 왔나

자식 보고파 자식 보러 왔으니 얼굴 한번 보고 갈 것이지
엄마 배고파 밥 먹으러 왔으니 밥상 한번 받고 갈 것이지
오는 길 고달파 가는 길 더욱 애달파 발이나 떨어질까

자식 보고파 얼굴 보려고 왔나
엄마 배고파 잿밥 먹으러 왔나

품어보지 못하는 자식 외로울까, 서러울까, 맘 상할까

울음 참고 서러움 이겨내 잘살고 있으니 걱정하지 말라며
남은 자식 오늘 하루, 한데 모여, 밥 한 끼에 맘 달래네

자식 보고파 얼굴 보려고 왔나
엄마 배고파 잿밥 먹으러 왔나

홍동백서, 어동육서, 조율이시, 좌포우혜라 했으나
지방 영정이 잿밥 자리 차지하고 혼자 따르던 술도 옛말
어느새 외손주가 따라주는 술을 다 받고 절도 다 받네

자식 보고파 얼굴 보려고 왔나
엄마 배고파 잿밥 먹으러 왔나

명절 차례상은 시댁 눈치 못 보겠다 해서 절에 보내고
우란분절 천도재는 백중기도 대신해서 절에 보내고
부모 제사상은 동생 마음 쓰일까 홀로 앉아 지장경 읊네

자식 보고파 얼굴 보려고 왔나
엄마 배고파 젯밥 먹으러 왔나

하루도 거르지 않고 엄마가 사무치게 보고 싶으니
보고도 또 보고프면 그때는 제삿날까지 참지 말고
꿈에라도 꽃으로도 빗물로도 다녀가라 하네

유전 혹은 습관, 아메리카노에 얼음 두 개

"앗, 얼음 안 넣었다. 두 조각이죠?"

커피 한 잔을 주문하고 창가에 앉았습니다. 커피집 아저씨는 커피를 내려 내 테이블 위에 놓더니, 돌아서서 가려다 말고 방금 놓았던 커피를 다시 가지고 갑니다. 내 커피에 얼음 두 조각을 떨어뜨립니다. 얼음이 들어가니 컵에 커피가 가득 차서 넘쳐흐르기 일보 직전입니다. 테이블까지 다섯 걸음도 안되는 거리를 한 발 한 발 조심스럽게 발을 떼며 걷습니다. 자리에 앉아 커피 받기가 미안해 의자에서 일어납니다. 아저씨는 자신의 실수로 커피가 늦게 나와 미안한 표정을 지으며, 찰랑찰랑한 아메리카노 한 잔이 넘칠까 내 앞에 조심히 내려놓습니다.

'샷 추가, 크림 듬뿍, 시럽 빼주시고요.'

남들은 이렇게 주문하던데, 난 오늘의 커피 혹은 아메리카노에 '얼음 두 개만 넣어주세요' 주문합니다. 뜨거운 것을 못 먹는 것도 아닙니다. 커피 마시는 게 뭐 그리 급한 일이라고, 식혀 마시면 될 것을 꼭 얼음 두 개를 넣고 마십니다.

언제부터였을까요? 나만의 커피 주문이 '아메리카노에 얼음 두 개만'이었던 게.

옛날에 할 일이 많아 바쁜 엄마는 커피 마실 시간도 아깝다 하더니, 피곤하면 영양제도 먹고 쉴 일이지 꼭 커피를 마십니다. 그것도 맥스웰 하우스 커피 믹스를. 아마 그것이 가장 싼 커피여서 그랬던 거겠지요. 엄마는 커피 맛도, 마실 줄도 모르지만 피곤하고 졸리니까 그냥 마십니다. 엄마에게 커피 믹스는 영양제이고 피로회복제 정도입니다. 드라마 〈아저씨〉에서 아이유가 아르바이트를 끝내고 밤늦게 집에 돌아와 커피 믹스 두어 개를 타서 마십니다. 아마 아이유가 마시는 커피도 그러했겠지요.

엄마는 종이컵에 커피 믹스 두 개를 넣고 뜨거운 물을 부어 탄 커피에 얼음 두 개를 넣고 종이컵을 빙빙 돌립니다. 뜨거운 커피에 얼음 두 개는 금방 녹습니다. 커피가 아주 뜨겁지 않다 싶으면 단번에 벌컥 들이켭니다. 나는 그런 엄마에게 누가 커피를 미숫가루 마시듯 벌컥 벌컥 마시느냐고 핀잔을 줍니다.

"우리 엄마. 우리 엄마도 그렇게 마셔. 커피는 홀짝거리면 맛없어."
　그러고는 자리를 떠납니다. 나는 할매한테 그런 엄마 흉을 봅니다.
뜨거운 커피를 한 모금씩 마시지, 교양 없게 저렇게 마신다고. 그러면
할매는 엄마 편을 듭니다.

"이게 호빵이가? 호호 불어서 먹게? 바쁜데 언제 호호 불어가며 마
시나?"
　할매도 대접에 커피 믹스 두 개를 타서 휘휘 젓고 잠깐 식히는가 싶
더니 후루룩 마시고 자리에서 일어납니다.

　그때부터였을까요?
　내 커피는 커피 믹스 두 개,
　혹은 아메리카노에 얼음 두 개.

여자애

소풍 가는 날 여자애는, "오늘 소풍 가는 날이지" 합니다. 여자애는 아침 일찍 일어나 밥을 안치고, 당근과 햄을 길게 잘라 기름에 볶아두고, 달걀지단을 부쳐서 단무지 길이에 맞추어 잘라두고, 시금치를 데쳐서 물기를 꼭 짜고 소금 간을 해둡니다. 고슬고슬한 밥에 맛소금과 들기름으로 간을 합니다.

옆에서 지켜보던 여자애 엄마는, "나도 김밥 먹자" 합니다. 어린 여자애는 제 팔뚝만 한 김밥을 돌돌 말아 썰어서 도시락통 두세 개에 나누어 담습니다. 또 둘둘 말아 썬 김밥 한 접시를 엄마 앞에 밀어둡니다. 엄마는 여자애가 만든 김밥이 세상에서 제일 맛있다며 다 먹어치웁니다. 이럴 때면 여자애는 꼭 엄마의 엄마 같습니다.

　아버지 제삿날 여자애는, "시장은 잘 봤지?" 물으며 시장 가방을 확인하고 앞치마를 두릅니다. 엄마가 사 온 재료들을 씻고 다듬고 나서는 잔치 팬에 기름을 두릅니다. 가장 먼저 두부를 부치고, 생선에 밀가루와 달걀을 묻혀 노릇하게 굽습니다. 그리고 뭘 또 할까 하는 표정으로 여자애 엄마를 쳐다봅니다.

　옆에서 지켜보던 여자애 엄마는, "고구마튀김이 먹고 싶다" 합니다. 어린 여자애는 제 팔뚝만 한 고구마를 하나 씻어서 납작하게 잘라 튀김옷을 입힙니다. 방금 튀겨낸 고구마튀김 하나를 엄마 쪽에 툭 던지듯 놓습니다. 엄마는 여자애가 노랗게 튀긴 고구마를 병아리처럼 오물오물 잘도 먹습니다. 이럴 때면 꼭 둥지 안에 있는 새끼 새와 엄마 새 같습니다.

　추운 겨울밤 여자애 엄마는, "아까 사 온 밤 있는데 먹을래?" 하고 여자애에게 묻습니다. 여자애는 그러자고 대답하니 여자애 엄마는 낮에 장에서 산 밤을 냄비에 넣고 삶습니다. 삶아진 밤을 소쿠리에 옮겨 물기를 빼고 안방으로 가져옵니다. 여자애에게 밤 담긴 소쿠리를 보이고는 자기 쪽으로 당깁니다.

　옆에서 지켜보던 여자애는, "숟가락도 가져와야지" 합니다. 여자애는 방금 삶아 뜨거운 밤을 호호 불며 숟가락으로 속을 파 종지에 담아 둡니다. 엄마는 여자애가 건네는 밤이 세상에서 제일 고소하다며 홀

딱 먹어치웁니다. 이럴 때면 엄마는 영락없이 여자애 딸 같습니다.

그러다가 어린 여자애는 쪼그리고 앉아 이것저것 먹던 엄마에게 투덜댑니다. "엄마가 뭐 이래. 맨날 엄마는 나만 시키고." 그러다가 다시 맘을 바꾸어 말합니다. "다 해줄게. 내 옆에만 있어." 김밥도 싸주고, 밤도 삶아주고, 고구마도 튀겨줄 텐데. 아니 아니 하늘의 별도 따다줄 텐데. 함께 있어만 주면 다 해줄 텐데 말이지요.

"다 해줄게. 내 옆에만 있어."
김밥도 싸주고, 밤도 삶아주고,
고구마도 튀겨줄 텐데.
아니 아니 하늘의 별도 따다줄 텐데.

**함께 있어만 주면
다 해줄 텐데 말이지요.**

짝퉁 선글라스

어릴 적, 나는 엄마가 인삼 장수인 줄 알았습니다. 엄마는 한 달에 한 번 엄마 고향인 부산에 다녀옵니다. 엄마가 금산 가까이 살아서 친척들이 부탁한 인삼을 사서 갑니다. 엄마는 부산 가는 날이 친척 얼굴 보고, 생활비 버는 날입니다. 방학에는 주로 나를 데리고 가는데, 그럴 때면 나에게는 용돈 타는 날이 됩니다.

부산에 가면 광안리 외삼촌 집에 먼저 들릅니다. 엄마는 그곳에 가면 일 층 어른들보다는 이 층에 올라가 있는 시간이 더 많습니다. 외사촌 언니들 방은 이 층인데, 대학생이 된 외사촌 언니들과 이야기를 많이 합니다. 엄마는 책상 위에 놓인 문구류나 인형, 그리고 옷장의 옷을 유심히 봐둡니다. 어디서 얼마에 샀는지, 요즘 유행하는 것은 무엇인지 물어봅니다. 언니들은 엄마에게 이것저것 보여주기도 하고, 요즘 아이들이 많이 가지고 다니는 것을 알려줍니다. 엄마는 언니들 말에 재차 확인하며 기억하려고 입으로 한 번 더 말합니다.

서면 이모네는 옷감 짜는 공장을 합니다. 서면 이모는 엄마가 오는 날을 기다리며 엄마 줄 물건을 보따리 보따리 싸서 건넛방에 두었다가 엄마가 오면 보따리를 풉니다. 그 안에는 작은 옷가지와 인형, 영양제, 미제 과자, 손톱깎이까지 만물상이 따로 없습니다. 밥을 먹다가 뭐가 맛있네 하고 젓가락이 여러 번 가는 반찬이 있으면 냉장고에서 통째로 꺼내 비닐에 여러 번 싸둡니다. 서면 이모는 혼자 딸 키우며 사는 사촌 동생을 가엾게 여겨 빈손으로 보내는 법이 없습니다.

두세 집을 거쳐 일이 끝나면 엄마와 나는 자갈치시장이며 맞은편 깡통시장에도 들릅니다. 내가 어릴 적에는 주로 간식과 먹을 것을 샀는데 대학생이 되고부터는 이것저것 사주는 게 늘었습니다. 이번에도 내 팔을 끌고 골목골목을 누비고 건물 안으로 들어갑니다. 엄마가 봐둔 물건은 보통 친구들은 하지 않는 좀 특이한 것들입니다. 가죽 가방, 코르덴 나팔바지, 양면 점퍼 등등 유행한다기보다는 그저 특이해서 눈에 띄는 것입니다. 나만 이상한 것을 입고, 나만 튀는 것 같아 창피하기도 했지요. 하지만 나는 엄마 딸인걸요. 어느덧 나도 엄마 취향에 적응이 되었는지 내가 고른 것을 엄마는 마음에 들어 했고, 엄마가 골라준 것이 내 취향이 되었습니다.

엄마랑 가는 깡통시장은 도떼기시장 같습니다. 지금은 이곳을 부산 국제시장이라 부릅니다. 영화 〈국제시장〉 속 꽃분이네 가게가 있는 곳입니다. 엄마는 이곳을 양키시장이라고 불렀지요. 양주와 양담배, 미제 분유와 형형색색의 젤리들이 병에 담겨 있습니다. 엄마는 항상 이곳에 들러 미제 분유와 젤리 한 통을 삽니다. 식료품점을 지나 양품점이 줄지어 문을 연 짝퉁 골목으로 갑니다.

"이거 백화점 가면 엄청 비싸. 사람들도 여기서 가짜 사고 진짜처럼 쓰고 다녀."

엄마는 내 귀에 속삭이고는 선글라스 하나를 골라 나에게 씌워줍니다. 그리고 손거울을 내 얼굴에 바짝 들이밉니다. 거울 속에 검정 선글라스를 쓴 단발머리 여자가 있습니다. 처음 써본 선글라스가 어색하지만, 영화에 나오는 세련된 여자처럼 보여서 좋습니다. 엄마도 나와 같은 모양에 갈색으로 하나 써봅니다. 짧은 파마머리에 갈색 선글라스를 쓴 엄마는 카리스마가 돋보이는 게 딱 여장부입니다. 마음에 들어 다른 것은 눈에 들어오지 않습니다. 하나씩 쓰고 벗지 않은 채, 엄마는 주인아저씨와 흥정에 나섭니다. 곧 만 원짜리 세 장을 가판대에 놓습니다. 엄마는 뒤도 돌아보지 않고 손을 위로 올려 흔들고는 당당하게 가게를 나옵니다. 나는 혹시라도 선글라스를 뺏길까 인사도 하는 둥 마는 둥 얼른 엄마를 따라갑니다.

친구들에게 선글라스를 보여주면 "와~ 역시 네 엄마다" 합니다. 그

때는 명품이 뭔지도, 진품 가품이 따로 있는지도 몰랐지요. 그저 엄마
와 내가 같은 취향을 갖고 있으며, 나는 엄마 덕에 이런 것도 갖는다
며 자랑하는 게, 친구들의 부러움을 사는 게 좋았습니다.

　얼마 전, 서랍 정리를 하다가 프린트된 브랜드 로고도 지워지고 나
사가 녹슨 그때 그 선글라스를 찾았습니다. 지금 보면 촌스럽기가 이
루 말할 수 없습니다. 더욱 창피한 것은 누가 봐도 짝퉁이라는 거죠.
앞으로 쓸 일이 없을 겁니다. 평소 불필요한 물건은 과감히 버리는 나
인데, 어째 이 선글라스는 매번 버릴까 말까 고민합니다. 선글라스는
엄마가 내게 준 몇 안되는 선물 중 하나입니다. 그리고 그때 함께한
시간은 나에겐 보물이고 추억입니다. 이것만큼은 버리지 못하는 이유
겠지요.

다음 생엔 엄마의 엄마로 태어날게

숨 쉬는 하루하루가 고통이었던 모녀는
오직 살고자 하는 의지로 그물에 걸리지 않는 바람처럼
그리 자유롭게 수행자의 마음을 지닐 수 있게 될지 알 수 없으나,
나는 그 길을 향해 걷고 있습니다.
엄마와 딸이면서, 주지 스님과 스님의 자리에서.

_선명 스님 책《다음 생엔 엄마의 엄마로 태어날게》중에서

　최고로 살지는 않더라도, 죽어라 허덕이는 인생은 아닌지라, 하루
세끼 밥 먹고 커피 한잔 마실 여유는 있지요. 매일매일 투덕거리는 원
수 같은 남편 있고, 어른들에게 인사 잘하고 친구에게 인기 많은 아들
딸도 곁에 두었으니, 이만하면 행복한 사람이지요. 부러울 거 없는 인

생이지만, 그래도 부러운 것이 하나 있다면요.

엄마와 함께 사는 선명 스님이 부럽습니다. 엄마와 같은 곳에서 잠사고 눈뜨고 숨 쉬고, 엄마와 같은 상에서 밥을 먹고, 엄마랑 함께 울고 웃는, 그런 스님이 나는 참 부럽습니다.

아빠 없이 엄마와 살았습니다. 엄마는 나에게 아빠면서 엄마였습니다. 자라면서 아빠 없는 설움이나 어려움도 겪지 않았습니다. 그만큼 엄마는 나에게 완벽한 아빠이자 엄마였습니다.

엄마가 사라졌습니다. 엄마 없는 내 삶은 무섭고 고되고 서러웠습니다. 지금도 엄마 있는 친구가 참 부럽습니다. 시기한 나머지 '너희들도 엄마 없는 날 올 거야' 하며 못된 마음을 낼 만큼 샘이 나 미칠 지경이었습니다.

엄마가 없는 삶에서 처음 십 년은 왜 나를 두고 갔는지 원망하며 혼자 살아내야 하는 고독의 시간이었습니다. 엄마가 없는 삶에서 또 십 년은 친정 없는 서러움에 주눅 들어 가슴 앓는 시간이었습니다. 그렇게 살다 보니 점점 더 모질어졌고 모난 돌이 되었습니다. 왜 나만 이렇게 살아야 하는지 원망하다 보니, 순간 열심히 살아야 하는 이유도 무너졌습니다.

지금의 일상을 받아들이고 적응하는 데 십 년하고도 또 십 년이 지났습니다. 이제는 좀 살 만합니다. 그렇다고 슬픔이 가시고 다 나아진 것은 아닙니다. 아침에 눈을 뜨면 행복에 겨운 게 아닙니다. 그저 지금이 내 인생이니까 내가 짊어져야 할 삶이라고 수긍한 것입니다. 그저 원망과 미움이 가까이 들지 못하게 다짐하며 살아가는 겁니다. 이제는 힘들 때 억지로 웃지 않고 침묵합니다. 울어도 웃어도 봤습니다. 그 웃음조차 안간힘을 써야 한다는 것을 알기에 이제 안간힘을 쓰지 않습니다.

가족이 원수 같고 가족 때문에 나만 불행하다고 생각하던 때가 있었습니다. 혼자 살면, 가족만 없으면 나는 행복하고 자유로워질 줄 알았습니다. 시간이 지나고 보니 지난 아픔도 설움도 내게는 다 좋은 기억입니다. 그때는 원망하고 미워했던 것들이, 지금은 아쉬움으로 후회로 돌아옵니다.

그때 나를 가장 잘 알고 있던 것은 엄마였고, 나를 아프게 한 사람도 엄마였지만 나를 살게 한 이도 엄마였습니다. 엄마의 자랑이 되려고 안간힘을 다해 꿈을 꾸었고, 엄마의 웃는 얼굴을 보기 위해 무던히 노력했습니다. 그때는 엄마만 아니면 다 내려놓을 텐데 하며 이를 악물었지만, 그때의 엄마 덕분에 지금의 내가 있습니다. 좀 더 나은 모습으로 말이지요.

사람은 사람을 물들게 합니다. 어릴 적 엄마의 사랑이, 열정이, 희생이, 나를 키웠습니다. 내가 하는 일은 무엇이든 묻지도 않고 믿어주었습니다. 나를 향한 엄마의 마음, 건강한 에너지가 나를 강하게 만들었습니다. 예쁘다 예쁘다 하면 정말 예쁘게 됩니다. 고맙다 고맙다 하면 정말 고맙게 됩니다. '아낀다 소중하다' 하면 정말 소중하게 됩니다. 엄마가 내게 했던 것처럼 말입니다.

엄마가 떠나고 정말 많은 시간이 흐른 후, 나는 엄마를 웃으며 기억합니다. 눈물을 흘리며 입가에 미소를 짓습니다. 배고픔과 서글픔은 닮았다고 합니다. 이렇게 잘 지내고 살다가 다시 서글퍼지면, 너무 그리워지면, 스님의 말처럼 너무 가벼워 빨리 움직이게 되면, 그때 한 번 가겠습니다. 그때는 나에게도

'밥이나 먹어라'

하실까요?

엄마처럼 안 살려고, 시장 통닭

아이들 최애 음식은 치킨입니다. 배달음식을 먹더라도 외식을 하더라도, 밥 대신 간식 삼아 먹더라도 치킨은 최고 메뉴입니다. 아이 친구들이 집에 놀러 오거나 생일상을 차릴 때도, 손님이 왔을 때도 맥주와 함께 배달음식의 찰떡궁합은 치킨입니다. 여행을 가도 그 관광지나 지역의 유명한 치킨을 검색해서 먹곤 합니다. 치킨은 언제 어디서나 누구에게나 매력적인 음식이지요.

며칠 전, 집 앞 상가에 치킨집이 문을 열었습니다. 그 가게 진열장에 통닭들은 죄다 하나같이 배를 열어젖히고 하늘을 향해 벌러덩 누워 있습니다. 토막 내지 않은 닭 한 마리를 통째로 밀가루 반죽을 도톰하게 입혀 기름에 튀겨낸, 말 그대로 옛날 노란 통닭입니다.

오늘 저녁 메뉴는 고민 없이 추억의 옛날 통닭입니다. 갓 튀겨낸 통 닭 한 마리가 막대 손잡이가 달린 거름망에 걸린 채, 리듬 있게 몇 번 타작을 맞더니 기름기가 쏙 빠집니다. 커다란 접시 바닥에 배를 깔고 누운 노란 통닭은 굽은 등을 하늘로 향한 채, 무와 함께 테이블에 옮 겨집니다.

아이들은 기대에 부응하듯 뼈를 발라 살코기를 입에 넣습니다. 양 념 묻은 손가락도 쪽쪽 빨던 손가락 사이로 치킨 무가 잡힙니다. 통닭 에 덜 빠진 기름이 느끼했는지 탄산음료도 마십니다. 어른들 말씀에 부모는 자식이 먹는 것만 보아도 배가 부르다는데 나는 어째 아이들 먹는 모습에 허기가 집니다. 입에 침이 고이기 시작합니다. 큰아이는 내가 좋아하는 날개 하나를 입에 넣어줍니다. 입안에서 뼈를 발라가 며 오물거립니다. 양배추 샐러드도 한입 곁들이니 셰프의 요리도 저 리 가라 할, 이 세상 지상낙원에도 없을 맛입니다.

내가 어렸을 때, 엄마는 백숙집을 한 적이 있습니다. 단체 손님과 예 약 손님 위주로 장사를 했기 때문에 하루 치 음식 재료를 전날 저녁에 주문합니다. 대략 필요한 양을 조절해서 주문하지만, 재료가 모자라 는 날이 생깁니다. 일주일에 두 번 정도 그런 날은 엄마가 나에게 심 부름을 시킵니다. 버스로 한 정거장 거리에 있는 시장에 가서 생닭 몇 마리를 사 오는 것입니다.

닭집 주인아주머니는 생닭을 담은 검정 봉지와 함께 내 손에 이백 원을 쥐여줍니다. 나는 한 손에 검정 봉지를, 다른 한 손에 동전 두 개를 움켜쥐고 시장을 나옵니다. 시장에 갈 때는 신나게 달려갑니다. 돌아올 때는 생닭 두 마리가 무거워서 한쪽 어깨가 빠질 듯 힘겹게 돌아옵니다. 손아귀가 뻘겋게 달아오르고 차가운 바람이 코끝을 스쳐 콧물을 훌쩍입니다.

시장 입구 핫도그 가게 앞에 일단 발걸음을 멈춥니다. 기다란 소시지에 밀가루 반죽을 입혀 기름에 튀겨낸 핫도그는 하얀 설탕 옷을 입고 붉은 케첩을 리본 삼아 두릅니다. 닭집 주인아주머니가 준 이백 원을 움켜쥔 내 손은 그제야 펼쳐집니다. 핫도그 한 입을 베어 물면 아픈지, 추운지 모르고 그저 좋습니다. 그 핫도그 맛에 매번 울며 겨자 먹기로 엄마 심부름을 다닌 것이지요.

핫도그를 다 먹을 즈음에는 시장 입구 끝에서 여럿 줄지어 서 있는 통닭집이 밟힙니다. 우리는 백숙집을 했으니까 매번 삶은 닭만 먹었지, 기름에 튀긴 통닭은 먹지 못했습니다. 항상 시장을 나올 때면 통닭집에 멈추어서 검정 비닐에 담긴 생닭과 기름에서 갓 튀겨진 윤기나는 통닭을 번갈아 봅니다. 통닭 한번 먹어봤으면 하는 부러움은 배가 되어, 입에 물고 있던 핫도그 막대기는 입 밖으로 툭 내쳐집니다. '크면 절대 백숙은 안 먹어. 나는 통닭만 먹을 거야.' 굳게 다짐하고 시장을 완전히 나서면 매서운 바람이 코끝을 때리고 한쪽 어깨는 다시 기운 채 애꿎은 발걸음만 타박합니다.

부처님 오신 날에

　엄마는 부엌 쌀통에서 쌀 한 봉지를 담아 나옵니다. 엄마가 절에 가려나 봅니다. 하던 일을 멈추고 찬장에서 초 한 자루를 꺼냅니다. 엄마 혼자 갈까 서둘러 신발을 신는 둥 마는 둥 엄마 뒤를 따릅니다.

　버스에서 내려 조금만 걸어 올라가면 절입니다. 발걸음이 가벼워 뛰는 듯 날아가는 듯합니다. 반면 엄마는 조금밖에 안 걸었는데 벌써 지쳤나 봅니다. 손에 쥔 것이 없는데도 엄마 숨소리는, 백 미터 달리고 난 사람처럼 크고 가쁘게 들립니다. 엄마는 항상 씩씩하고 힘세 보이지만 걸을 때는 동동거리기만 할 뿐 빠르지는 않습니다. 숨만 헐떡거립니다.

절에 도착한 엄마는 도량 앞 우물로 가서 감로수 한 바가지를 들이 켭니다. 그러고는 곧장 법당으로 올라갑니다. 가지고 간 쌀 한 봉지와 초 한 가루를 상단에 올리고, 향 세 개를 피웁니다. 향 통에는 이미 향 여러 개가 꽂혀 있는데도 엄마는 꼭 새것 세 개를 꺼내서 꽂습니다. 집에서도 향을 피우는데 그래서 엄마한테는 비누 냄새나 화장품 냄새 말고도 향냄새, 특히 쑥향이 납니다. 엄마는 삼배하고 법당 밖을 나와 서 공양간으로 갑니다.

그 사이, 나는 법당 앞마당에 펼쳐진 천막 아래 구석진 자리를 잡고 앉습니다. 한 보살님이 준 색지를 바닥에 한 장 한 장 가지런히 폅니다. 펼친 색지 한쪽 끝은 손가락으로 돌돌 말아 뾰족하게 하고 다른 한쪽은 풀칠해서 둥글게 이어 붙입니다. 이렇게 여러 번 반복하면 종이 연꽃 하나가 만들어집니다. 그 안에 초를 꽂으면 연등이 되고요.

진분홍 연꽃 하나를 만드는 사이, 엄마는 비빔밥 두 그릇 들고 나와 서는 계단 구석에 앉습니다. 혼자서 한 그릇을 먼저 먹고 나서야 숨을 돌립니다. 고개를 위아래 왼쪽 오른쪽 번갈아 가며 주변을 살핍니다. 나를 발견하고는 오라고 손짓을 합니다.

엄마는 남은 비빔밥 한 그릇을 쓱쓱 비벼 나에게 한 숟가락씩 떠먹 여줍니다. 참 이상하지요. 엄마는 바빠서 한 상에 밥 먹는 날도 드물 고 함께 먹더라도 내기하는 사람처럼 얼른 먹고 일어납니다. 그래서 내가 뭘 먹는지, 어떻게 먹는지 쳐다보지도 않습니다. 보통은 그러면서 절에만 오면 나에게 밥을 먹여줍니다. 천천히 먹으라는 말도 합니다. 절에만 오면 친절해지는 엄마가 좀 이상하지만, 그래도 엄마랑 있으면 어쨌든 나 좋습니다.

밥을 다 먹고 나면 나는 그릇 두 개와 숟가락 두 개를 포개어 설거지대로 갑니다. 앞에 쌓아둔 그릇들 위에 내가 씻은 그릇을 포개놓습니다. 다시 천막 아래로 갑니다. 엄마는 내가 오기를 기다리며 연꽃 만들 색지를 한 장 한 장 펴고 있습니다. 내가 엄마 옆에 앉으면 엄마는 펼쳐놓은 노랑 색지를 나에게로 건넵니다. 하나 더 만들어달라는 것이지요. 연꽃은 안 만들고 내가 만든 진분홍 연꽃만 만지작거립니다.

고사리손 조물거리며 만든 연꽃 두 개는 다음 해 부처님 오신 날까지 우리 집 어느 구석진 벽에 먼지와 함께 매달려 있습니다. 어느 해에는 연꽃 안에 하얀 초를 잘라 넣어 연등이 된 적도 있습니다. 그렇게 연꽃 두 개를 만들고 나면, 꽃잎 한 장 한 장을 덧붙이느라 내 손에는 풀이 잔뜩 묻습니다. 찐득한 손가락은 먼지인지 때인지 모를 것들이 묻어 이내 까매집니다. 그러면 나는 검정 손가락이 마음에 들지 않아 투덜댑니다.

"엄마는 왜 연꽃 안 만들어?"

"난 만드는 거 별로 안 좋아해. 네가 만들어주잖아."

엄마는 연꽃도 안 만들고 절도 안 하면서 절에 갑니다. 엄마는 내가 연꽃 만들어 어둠 밝히는 등불 되라고 절에 산나고 옵니다.

"금방 나올 거면서 엄마는 왜 절에 가?"
"우리 딸 부처님 말씀 듣고 똑똑해지라고!"

엄마는 나한테 부처님 얘기도 안 하고 부처님 말씀도 가르쳐주지 않으면서 절에 갑니다. 엄마는 내가 부처님 말씀 듣고 똑똑한 사람 되라고 절에 데려간다고 합니다.

"엄마는 나랑 절에 가는 게 좋아?"
"응. 너도 절에 오는 거 좋지? 엄마랑?"

절에 가는 엄마는 참 편안해 보입니다. 그런 엄마 얼굴이 보고 싶어서 엄마 따라 절에 갑니다. 내 눈에 절에 가는 엄마는 행복해 보입니다. 나는 그런 엄마 곁에 있고 싶어서 엄마랑 절에 갑니다.

어쩌다 농부 1, 일요일

'퇴직하면 시골 가서 농사짓고 자연인이 될 거야' 하던 남편이 어느 날 진짜 농사꾼 흉내를 냈습니다. 소꿉놀이하듯 울타리를 치고 창고로 쓸 비닐하우스도 대충 지었습니다. 농협공판장에서 농약과 농기구도 들여놓았습니다. 고랑도 만들고, 씨앗과 모종도 사다가 심어두었습니다. 어렵게 장만한 땅 한 마지기로 이렇게 주말 농사를 시작합니다.

덕분에 어설픈 농부의 아내가 되어 가끔 밭에 나갑니다. 감자 캐고, 완두콩 따고, 고랑에 물 주고, 풀 뽑고 그러다 보면 일요일 반나절이 훌쩍 지납니다. 어쩌다 밭에 한 번 나오면서 딴에는 농부가 농사짓는 마음으로 땅을 놀리지 못합니다. 좁은 땅에 무어라도 심어놓아야 직성이 풀립니다.

맨 처음 심은 것은 상추입니다. 농사 초보에게는 상추가 쉽다 해서 처음 농작물을 상추로 정합니다. 땅을 갈고 고른 뒤 손가락으로 구멍을 내어 씨앗 서너 개를 넣고 흙으로 덮습니다. 그런데 너무 깊게 씨앗을 심어 상추가 땅속에서 나와 자랄 힘이 부족합니다. 물만 많이 주면 쑥쑥 클 거 같아, 너무 많이 준 탓에 씨앗이 흙탕물 속에서 썩거나 물에 쓸려나갑니다. 그나마 다 자란 상추 크기가 손바닥 반도 되지 않습니다. 농작물마다 심는 방법이 다를 텐데 아무 씨앗이나 무조건 깊게, 많이만 심으면 좋은 줄 생각했습니다.

다음은 고구마입니다. 얼마 전 에어프라이어를 집에 들이고부터는 요리가 쉬워졌습니다. 고구마 하나로도 간단히 할 수 있는 요리가 많습니다. 군고구마는 기본 중의 기본이고 고구마튀김과 고구마 맛탕도 해먹을 생각에 힘든 줄 모르고 고구마를 심습니다. 고구마 수확 날, 내심 벅찬 마음으로 땅속 고구마를 캐냅니다. 하지만 웬걸요. 땅속뿌리들과 밖으로 나온 줄기들은 얽히고설키었습니다. 고구마 줄기를 당겨 들어 올리니 땅속에서부터 썩어 있거나, 크기가 매우 작아 씨앗 고구마인가 생각이 들 정도입니다. 고랑과 고랑 사이에 물 흐를 자리를 좀 비워둬야 했습니다. 그런데 또 욕심만 부려 빈자리를 놔두지 않고 심은 탓에, 결국엔 물구덩이만 여러 곳 생겼습니다. 모종 사이사이에 틈을 두어야 할 것을 생각하지 못했습니다.

어설픈 농부가 욕심을 부린 것은 아로니아입니다. 농작물도 유행을 탑니다. 아로니아가 돈도 되고 몸에도 좋고 키우기 쉽다 하니 초보 농부들에게 아로니아 열풍이 불었습니다. 우리도 그 열풍에 동참해 아로니아 나무를 사다가 고랑을 파고 어린 모종을 심었습니다. 씨앗보다는 모종이 심기에는 더 쉬워 보였습니다. 그러나 이번에는 수확할 농작물 양이 문제입니다.

농사일을 처음 시작할 때 어느 농작물이든 우리 먹을 양만 심기로 했습니다. 아로니아를 심을 때는 이왕 심는 거 좀 더 심어 팔아볼까 하는 마음에 결국 밭 전체를 아로니아 나무로 채웠습니다. 우리 가족 먹자고 지은 농사인데 수확할 양이 필요 이상 많아졌습니다.

아로니아는 해마다 수확량이 늘기로 유명한 과실수입니다. 거기에 가지치기를 제때 해주지 못하는 게으름은 알맹이 없는 쭉정이만 남깁니다. 뒷감당은 생각 못 하고 욕심만 내다 보니 수확할 시기에는 일품을 사야 할 지경입니다. 남들 주고도 남아서 시장에 팔아야 할 만큼 양이 많아져 효자 품목이 애물단지가 되었습니다.

적당히 심자, 수확할 거 생각해서…. 다짐하지만 이내 잊어버리고 또 빼곡히 심습니다. 농사법을 몰라서가 아니고 욕심을 버리지 못하는 것입니다. 욕심을 버려야 마음도 편하고 몸도 고되지 않음을 농사일하며 깨닫습니다. 그런데 문제는 그 깨달음을 자꾸 잊어버린다는

것이죠. 습관이 몸에 밸 때까지 연습해야 하듯 욕심을 내지 않는 것도
연습해야겠습니다.

　내가 밟는 이 땅은 주말이면 엄마와 밟았던 땅입니다. 엄마는 힘들
때, 머리가 아플 때, 속상한 일이 있을 때, 이 땅을 밟았습니다. 엄마는
이 땅을 밟고 서 있는 게 좋다고 했습니다. 나는 엄마가 남긴 땅 한 마
지기를 지키려는 것이지 욕심내 농사를 지으려는 것이 아닌데 이렇게
욕심을 내버렸습니다. 힘들고 복잡했던 마음은 몸을 움직여 흘리는
땀으로 배출합니다. 그러려고 어쩌다 농부가 된 아내는 농사일을 거
든 겁니다.

어쩌다 농부 2

"아빠 따라갈 사람? 아빠가 맛있는 거 사줄게! 응?"

아이들 반응이 영 시큰둥합니다. 들은 체 만 체하는 첫째, 일어났다가 이불 속으로 다시 들어가 자는 척하는 둘째. 아빠는 아이들을 깨워 주말농장에 데려가고 싶어 합니다. 일을 절대 시키지 않고, 먹을 것을 사주겠다고, 유혹하듯 아이들을 꼬드깁니다. 어르고 달래는 것이 먹히지 않으면 목소리를 키워 위협도 합니다. 그래봐야 혼자 마음만 닳을 뿐 아이들은 꿈쩍도 하지 않습니다.

아이들은 일요일 아침 늦게까지 늘어지게 자고 싶은 마음이 먼저일 테고, 일어나면 아점을 먹으며 텔레비전이나 보고 이리저리 뒹굴고

싶은 마음이 우선일 테죠. 가봐야 모기 물리며 풀 뽑고 가을볕에 그을
릴 것이 뻔한 것을 아는 것이지요. 일요일 아침이면 어떻게든 데리고
가려는 아버지와 이런저런 이유를 대며 따라가지 않겠다고 아이들은
작전 대치 상황을 벌입니다.

　그때도 그랬습니다. 엄마는 일요일 아침이면 자는 나를 강제로 깨
우고 옷을 입혀 차에 태웁니다. 비몽사몽으로 나는 엄마 차에 실려 갑
니다. 산과 밭으로 말이지요. 엄마는 그곳을 농장이라 불렀지만 제 눈
에는 그저 야산으로 보였습니다. 어쨌든 그 산은 관광지 입구 쪽에 있
습니다. 가을 단풍을 보러 산으로 놀러 가는 사람들이 버스에서 내립
니다. 단풍잎에 맞추어 형형색색 옷을 입고 먹을 것을 넣은 배낭을 메
고 하나같이 즐거운 표정입니다.

아침부터 끌려 나왔다는 생각에 심술이 난 나는, 즐거이 산으로 오르는 관광객들이 미워집니다. 불만으로 가득 찬 목소리는 삐쭉거리는 입과 뾰로통해진 표정에 절묘하게 어울립니다. 가족이 함께 놀러 가는 것은 바라지도 않았지요. 그냥 일요일엔 집에서 뒹굴고 맛있는 것 좀 먹었으면 하는데 나는 그게 그렇게 어려운 날이었네요. 씩씩거리며 애먼 잡풀을 뽑아 있는 힘껏 멀리 내던집니다. 엄마가 약초를 뜯어서 나에게 주면 근처 개울물에 씻어 소쿠리에 담습니다. 어느새 이마에는 땀이 맺히고 배에서는 꼬르륵 소리가 연이어 납니다. 점심때가 되었습니다.

"배고프지? 얼른 먹어. 오늘은 해지기 전에 들어가자."

맛있는 점심 한 번 사주면 기분 싹 풀릴 일을, 실컷 일만 시키고는 주먹밥이 고작이었으니. 나는 산에 가는 게, 밭일이 좋을 리가 없지요.

일요일 아침, 늦게까지 좀 비비고 싶은 아이들 마음을 모를 리 없지요. 침대에 붙어 꼼짝 않는 아이들 옆에 누워 짬뽕과 돈가스로 꼬드깁니다. 그제야 아이들은 못 이기는 척 따라나섭니다. 그렇게 일요일 아침이면 일요일은 요리사 대신 어쩌다 농부가 된 아버지 따라 아이들은 밭으로 갑니다.

호주

엄마 호주 간다.

호주? 거기가 어딘데?

먼 데!

얼마나 먼 데?

비행기 타고 종일 가.

비행기에서 뭐 할 거야?

잘 거야.

비행기에서 자려고 호주 가는 거야?

아마도!

엄마는 하루 네 시간 잠을 잡니다. 새벽부터 밤늦게까지 일만 합니다. 가끔 낮에 누워 있기도 했는데 그때도 눈을 감고만 있지 잠을 자는 것은 아닙니다. 엄마는 앉으나 서나 누우나 언제나 일만 하고 일 생각만 합니다. 그런 엄마가 놀러 가겠다고 합니다. 그런데 그 먼 나라로 놀러 가면서 잘 계획만 세웁니다. 엄마는 일만 하느라 놀고 싶어도 놀지 못하고, 일만 하느라 자고 싶어도 푹 자지 못했습니다. 그래서 푹 자려고 오래도록 비행기 타고 먼 여행 갔나 생각했습니다.

호주는 어떤 나라야?

미국 같은 데.

엄마 영어말 못 하잖아.

괜찮아. 말 안 하고 놀 거야.

영어말을 못 하는데 어떻게 영어말을 알아듣지?

말은 못 해도 알아들을 수 있어.

어떻게?

눈치로.

영어말을? 눈치 게임이야?

응. 사람들 눈만 보면 다 알아.

엄마는 내 눈만 보고도, 내 목소리만 듣고도, 내 기분이 어떤지 알아차립니다. 그래서 엄마 앞에서는 거짓말을 하지 않습니다. 거짓말이 들킬까 봐 거짓말을 해야 할 때는 오히려 말을 아낍니다. 엄마는 내 입 모양만 보고도 내 기분을 알아냅니다. 내 입꼬리가 내려갔는지, 내 윗입술이 하늘을 향해 올라갔는지, 입술을 물어뜯는지. 엄마는 한 번 보면 내가 기분이 좋은지, 슬픈지, 화가 났는지, 주눅이 들었는지 금세 알 수 있다고 했습니다. 그래서 엄마에게 내 마음을 들킬까 봐 손으로 입을 가리고 턱을 괴는 일이 많았습니다. 그러면 엄마는 내 눈을 보고 내 목소리를 듣습니다. 어떻게든 내 마음을 알아차리려고 엄마는 내 눈치를 살핍니다. 그러니 다른 사람들 눈치 보는 것은 일도 아닐 겁니다.

엄마는 그렇게 이 주 동안 혼자서 호주를 다녀왔습니다. 나에게 이 주는 꽤 오랜 시간이었습니다. 혼자 기다리기 힘들었지만 잘 참았습니다. 보고 싶어도 울지 않고. 엄마가 십삼 일만 기다리면 온다고 했으니까. 돌아온다고 했으니까, 나는 울지 않고 기다렸습니다.

사진 찍었어?

캥거루랑 찍었어.

대개 좋네.

호주잖아. 다음에 같이 가자.

　다시 호주에 가게 된다면, 그때는 꼭 나랑 가자고 약속했습니다. 엄마 혼자서 다녀온 호주는 나에게 '이십 대에 꼭 가봐야 할 나라' 중 하나가 되었습니다. 이전까지 호주가 어디에 있는지, 어떤 나라인지 관심이 없었습니다. 엄마가 다녀왔으니까 나도 그냥 다녀오고 싶어졌습니다.

　엄마와 가고 싶다던 호주를 딸과 단둘이 다녀왔습니다. 작정하고 그 나라를 고집한 것은 아닙니다. 언제부터인가 딸과 함께 다니는 곳곳은 엄마와 함께 가고 싶었던 곳입니다. 함께하지 못한 곳인데도 엄마의 기억이 묻어나는 것 같습니다. 그런 곳에 갈 때면 낯익기도 하고 서글프기도 합니다. 딸은 언젠가 또 다시 나와 함께 호주에 가고 싶다고 했습니다. 그러자고 했습니다. 나는 딸과의 약속을 꼭 지킬 겁니다.

엄마처럼 안 살려고, 바느질

아침 일찍 가볍게 집 청소를 끝냅니다. 심심하던 차에 소파 아래로 보이는 바느질 통을 끄집어냅니다.

바느질을 자주 하는 편입니다. 수를 놓거나 비즈 자수를 놓는 취미 같은 것은 아니고, 바짓단을 고치고 옷에 패치를 다는 수준입니다. 단순히 수선비를 아끼자는 바느질입니다.

오늘은 바느질 좀 해보렵니다. 고무줄이 늘어나 더는 입지 않을 내 빨간 치마와 작아서 입지 않는 아들의 캐릭터 티셔츠를 거실 한가운데 펼쳐놓습니다. 치마를 반으로 접어 싹둑 자르고 밑단을 접어 시침질해놓습니다. 허접한 솜씨나마 바느질로 훔치니 그런대로 망토 모양이 나옵니다. 펼쳐놓은 망토 한가운데에 동물 문양을 가위로 오려 붙이고는 반짝이 실로 감치기를 합니다.

내 엄마는 가끔 반짝이 옷을 입곤 했습니다. 집에서 반짝이 옷을 입는 엄마가 이해되지 않았습니다. 그런데 딸이 나에게 그럽니다.

"엄마하고 똑같이 반짝이 달아줘."

그러고 보니 나도 반짝이 옷을 즐겨 입습니다.

엄마는 일 년에 한 번은 꼭 의상실에 가서 정장 투피스를 맞추어 입었습니다. 없어서 못 쓰는 게 돈이라면서, 있어도 못 쓰는 게 돈이라면서, 일 년에 한 번은 양장점에서 옷을 맞추는 데 돈을 아끼지 않았습니다.

❝ 엄마는 돈 없다면서 이런 옷은 왜 맞춰 입어?

입고 싶어서. 이런 건 안 팔거든.

이 정도는 그냥 만들어 입어도 되겠는데?

난 바느질은 안 해. 여자가 바느질 솜씨가 좋으면 고생해. 울엄마가 그랬어.

바느질 안 하면 팔자가 좋아지나?

더 나빠지진 않겠지. 팔자 센 여자는 되기 싫어.

엄마 이미 센데.

아냐. 엄마 안 세.

알아. ❞

내 눈에는 그리 멋져 보이지도 예뻐 보이지도 않는 옷을 엄마는 왜 맞추어 입는지 알 수 없었습니다. 나도 하나 맞추어준다고 하면, 촌스럽게 누가 맞춤옷을 입느냐며 극구 사양했지요. 그러면 엄마는 엄마가 맞추어 입은 옷과 같은 옷감을 한 필 사서 집에 돌아왔습니다. 그렇게 하나하나 사 모은 옷감이 엄마 옷장에 차곡차곡 쌓였습니다. 엄마는 나랑 같이 땡땡이 원피스도 입고 싶고, 검정 줄무늬 재킷도 입고 싶었나 봅니다.

  해 입지도 않을 건데 왜 매번 옷감을 사는 거야?

네가 입고 싶은 디자인으로 입으라고.

천보다 맞추는 돈이 더 들지?

그렇지. 사 입는 게 더 싸.

난 내가 만들어 입어야지. 바느질도 직접 하고.

의상실 가서 맞춰 입어 꼭!

왜? 엄마 딸 팔자 세질까 봐?

  엄마 딸은 팔자 안 세.

엄마는 사주풀이나 어르신이 하는 말씀을 교훈처럼 새겨들었습니다. 특히나 팔자에 관해서는 더욱더 예민하게 생각했던 것 같습니다. 뭐 하면 팔자 사나워진다더라, 어떤 팔자는 태어날 때부터 사주가 다르다더라, 네 팔자는 고생 없이 산다더라, 누가 사주가 좋다는데… 하며 사주풀이를 좋아했습니다.

나는 엄마가 두고 간 그 옷감으로 땡땡이 원피스도 만들어 입고, 검정 줄무늬 망토도 만들어 딸애 어깨에 둘러주었습니다. 아이가 학교에서 돌아와 빨강 망토를 어깨에 두릅니다. 오른팔은 하늘을 향하고 왼팔은 땅을 향하고는 원더우먼 흉내를 냅니다.

"엄마는 어떻게 이런 것도 만들지?"
"그냥 하다 보면 돼."
"나도 해볼까?"
"하지 마. 너는 바느질 안 해도 돼."

욕심부리기, 나도 엄마가 있으면 좋겠다

욕심 많은 사람이 욕심을 내려놓으면, 행복할까요? 욕심 많은 사람이 욕심을 내지 않으면, 편해질까요? 욕심 많은 사람은 욕심을 내려놓고 분해서, 불행하지 않을까요? 욕심 많은 사람은 욕심을 내지 않아 불편하지 않을까요? 보고 싶은데 보고 싶다고 말하면, 미련한 마음이고 푸념인 걸까요? 보고 싶은데 보고 싶지 않다고 말하면, 보고픈 마음이 줄어들까요?

너무 보고 싶어서 보고 싶다고 말하는데 이것마저 참으려 애를 씁니다. 너무 보고 싶은데 자꾸만 참으라니까 내가 미쳐버릴까 오히려 걱정입니다. 안되겠습니다. 아무래도 안되겠습니다. 소리쳐 불러봐야겠습니다. 안 그러면 못 살 것 같습니다. 나도 살아야겠습니다. 이래야 좀 살 것 같습니다.

나는 욕심 많은 사람입니다. 돈도 많이 벌면 좋겠고, 일도 많이 하면 좋겠고, 주변에 내 사람도 많으면 좋겠습니다. 가지고 싶은 것 다 가지고 살면 좋겠습니다. 그래서 부러울 것 없이 살면 좋겠습니다. 지금 그렇게 살고 있습니다. 내가 좋아하는 사람들과 즐겁게 일합니다. 내 통장으로 먹고살 만큼 돈도 들어옵니다. 가족을 이루어 큰 탈 없이 지내고 있습니다. 밥 한 끼 사주어도 아깝지 않은 친구가 곁에 있습니다.

살 만해졌다고 분수를 모르는 걸까요. 욕심을 내어봅니다. 엄마가 곁에 있으면 좋겠습니다. 함께 밥도 먹고, 시장에 가서 장도 보고, 서로 누가 잘났네 하며 싸워도 보고, 영화도 보고, 여행도 가고, 함께 울어도 보고 웃어도 보고 싶습니다. 함께하지 못하기에 더욱 욕심이 납니다. 안되는 욕심을 부려봅니다.

나도 엄마가 있으면 좋겠습니다.

동행 1, 보리도량 菩提道場

영천 다니러 갔다가 돌아오는 길에 스님 계시는 대구 도림사에 들렀습니다. 도량도 구경할 겸 스님 사는 것도 볼 겸 시간을 냈습니다. 도림사는 도량이 예쁘기로 으뜸 난 도심 속 사찰입니다. 나는 예쁜 것을 좋아합니다. 예쁘지도 않고 예쁘게 꾸밀 재주는 없습니다. 하지만 예쁜 것을 볼 줄 알고 예쁜 것을 보면 기분이 좋아집니다.

오늘 가본 도림사는 정말 예쁩니다. 사찰 입구에서부터 대웅전이며 도량 전체가 관람료를 받아도 무색하지 않을 만큼 자연 경치가 대단합니다. 오래된 고목이 곳곳에 자리해 나뭇가지의 휘어짐이 파란 하늘과 맞닿을 듯 웅장합니다. 나무면 나무, 도량이면 도량, 법당이면 법당, 어디 하나 예쁘지 않은 것이 없습니다. 예쁜데 귀하기까지 합니다.

도림사 스님은 이곳 풍경에 마음을 빼앗겨 수행하기 어려울까 걱정이 됩니다. 내가 살아온 속세와는 완전히 다른 세상입니다. 자연이 이렇게 아름다울 수 있다니, 자연의 경이로움에 다시 한번 감탄사를 내놓습니다.

　오늘은 천천히, 아주 천천히 도량을 걸었습니다. 일주문에 들어서며 스님 뒤를 따라 아주 천천히 걸어보겠다고 다짐한 터였습니다. 그런데 오늘따라 스님 발걸음이 참 빠릅니다. 스님이 머무르는 곳이기에 이것저것 보여주고 싶은 게 많은가 봅니다. 스님이 빨리 오라고 손짓해도 마다한 채, 나는 청개구리처럼 오히려 더 느린 걸음으로 스님 뒤를 따라 걷습니다. 스님 말에 대꾸도 하지 않고 이렇다 저렇다 말도 없이 스님 뒤만 따릅니다.

　나는 언제나 스님 앞에서 걸었습니다. 저만치 앞서가서는 스님보고 빨리 오라고 재촉했었지요. 스님과 걸을 때만이 아니었습니다. 조금만 지체되어도 언성을 높이고 얼굴을 붉히며 불평했습니다. 뭐든 빨리 빨리를 입에 달고 살았지요. 그러면 스님은 급하면 체하지, 서두를 게 없어, 천천히 가시게, 하고는 속 탄 내 마음을 모른 척 버려둡니다.

　그런 나에게 스님은 뭐가 그리 바쁘냐고, 세상일은 혼자 다 하느냐고 나무랍니다. 딱 오 분만 쉬었다 하라고, 오 분 쉰다고 어찌 안된다고. 그런데 난 그 오 분을 참는 게 어려웠습니다. 행동도 생각도 말도 그 오 분을 참아내는 게 나는 참 힘들었습니다.

　스님은 보통 내 뒤에서 천천히 따라 걷습니다. 일할 때는 손놀림이
빠르지만 걸을 때는 딱 그 반대입니다. 스님은 나보다 키도 크고, 다
리 길이도 긴데. 참 느리게 걷습니다. 언제나 동동거리며 걷는 내가
안쓰럽다 하십니다. 느리게 가는 것도 나쁘지 않다고, 제발 쉬어가라
고 하십니다. 나는 빠르게 걷는다고 생각하지 않는데, 스님 눈에는 내
가 종종대는 것으로 보이는지 뭐든지 찬찬히 하라고, 자꾸만 느리게
가라고 말씀하십니다.

　그렇게 빨리 걷다가 넘어지고, 빨리 가서 뭐 하냐, 고 묻습니다. 내
가 빠르게 가는 것이 아니라 스님이 느린 거라고 말씀드려도 스님은
내가 매번 서둘러 빨리 가느라 재미없다고 하십니다. 내 마음과 스님
마음이 티격태격하다가, 앞서거니 뒤서거니 말없이 걷다가, 각자 같
은 곳을 보지만 따로 걷다가 합니다. 어느새 스님과 나는 나란히 걷고
있습니다.

오늘 스님 뒤에서 걸어보니 스님이 더 잘 보입니다. 어릴 때는 스님 등이 참 넓다고 생각했는데 지금 보니 그렇지 않네요. 스님이 나이가 들어 작아진 걸까요? 아니면 내가 어른이 되어 커진 걸까요? 이제 스님도 나도 함께 늙어가는 처지가 되었네요.

스님은 매사에 궁할 것이 없는 사람처럼 마음 씀씀이가 유유해 언제나 소년 같았습니다. 매사에 급할 것이 없는 사람처럼 천천히 쉬엄쉬엄 움직이니 몸도 마냥 청춘일 줄만 알았습니다. 나는 뭘 하느라, 무엇 때문에 그리 바쁜지 매일매일 종종걸음으로 다녔습니다. 그래서 내가 스님보다 빨리 늙겠지만 그만큼 많은 일을 해낼 거라고 생각했지요.

빨리 가도 늦게 가도, 천천히 가도 서둘러 가도, 마음을 채워도 비워도, 결국 도달하는 것은 매한가지요, 얻는 것도 매한가지네요. 그래봐야 조금 일찍 다다르고, 조금 더 가지게 되는 것인데, 뭐 하러 억척을 떨었나 싶기도 합니다. 천천히 또박또박. 느리지만 주춤거리지 않고 가면 되는 것을 말입니다.

스님, 뒤에서 걸어본 게 얼마만이지요? 뒤를 따를 날이 많지 않을 것 같아서 오늘은 내 눈에, 내 귀에, 내 가슴에, 스님을 꼭 기억하려고 뒤에서 걸어봅니다. 하늘도 보고, 땅도 보고, 나무도 보고, 불상도 보고. 보고 또 보니 참 좋네요. 오늘 하루는 이 도량이 참 넓네요. 스님이 계시는 도량이 넓으니 참 좋네요. 어릴 적 뒤따르던 스님 등만큼이나 참 넓네요.

동행 2, 걸음이 달다

"스님, 이렇게 걸으면 좋아요?"

"그렇지 뭐. 근데 요즘은 좀 심심하기도 하고 안 심심하기도 하고. 그래도 이렇게 네가 와서 함께 걸어주니 좋네. 오늘은 안 외롭다."

"스님도 외로울 때가 있어요?"

"그럼. 나도 외로울 때가 있지. 그럼 이렇게 도량을 걸어. 그럼 또 안 외롭지."

"그럼 더 빨리 걸어보세요. 더욱더 안 외로울걸요?"

"그런가? 빨리 걸으면 외롭지는 않겠지. 그런데 여유가 없어져. 여유가 없으면 서글퍼지지."

"서글픈 건 싫네요."

"그렇지? 그러니 자네도 천천히 걸어. 걸음을 음미하는 거야."

"걸으면 그냥 걷지, 걸음에도 맛이 있어요?"

"그럼. 세상은 쓴맛, 단맛, 짠맛, 신맛, 다 있어. 세상은 음미하는 거야. 걸으면서 세상을 봐봐. 똑같이 걷는 것 같아도 그날그날 걸음이 달라. 내가 오늘 어떤 세상을 사는지에 따라 걸음이 다르지. 걸음을 음미해."

"스님, 오늘은 걸음이 어때요?"

"자네가 와서 참 달다, 달아."

엄마는 딸의 조연 배우

세상 두려울 거 없이 내가 제일 잘난 줄 알고 살았습니다. 일도 사람도 많이 갖고 곁에 두고 싶은 것은 욕심이었을까요? 미련이었을까요? 그것이 무엇이건 일단 시작하면 곁눈질하지 않고 무조건 달리고 달렸습니다. 덕분에 남들보다 빨리 도달했고, 더 많이 인정받았습니다. 그것이 당연하다고 생각했습니다.

세상만사 다 잘 풀리면 재미없지요. 애를 쓰고 열심히 한다고 했는데 어쩔 수 없는 결과를 받아들여야 할 때가 있었습니다. 성공의 문턱을 밟지 못하고 그 실패라는 놈 앞에서 무릎 꿇어야 했습니다. 나는 좌절했고, 자존감이 땅에 떨어졌고, 주변 사람들 보기도 부끄러웠습니다. 누구도 나를 찾지 못하게 숨고 싶었습니다. 그렇게 며칠을 풀

죽어지냈습니다.

"잘 안된 거야?"

" ...... "

"그래서 목소리가 그래?"

" ...... "

"울어?"

" ...... "

"어휴. 됐어. 그게 뭐 죽을 일이라고 그러고 있어."

" ...... "

"괜찮아. 괜찮아. 다음에 잘 되겠지. 괜찮아."

전화 너머로 들리는 엄마 목소리는 유달리 힘찼습니다. 속으로 나보다 더 애탔을 엄마지만 힘내라고, 있는 힘을 다해 용기를 주었습니다. 전화하기 전까지 나보다 더 울고 가슴 아파했을 엄마. 괜찮지 않은 것을 알면서도 해줄 말이 그것뿐이라 어렵게 꺼냈을 엄마. 그 용기가 고마워서 주저앉아 있던 몸을 일으키고 다시 힘을 내었습니다. 이번에도 엄마를 위해 기운을 차리기로 했습니다. 엄마 웃을 그 날을 그리며 그까짓 것, 하고 두 손 털고 일어섰습니다.

내가 지쳐 쓰러질 때, 모든 것을 놓아버리고 싶은 그 순간에, 엄마를 생각했습니다. 나를 일으켜 세우는 엄마가 있어서 언제나 좌절의 끈을 놓지 않았습니다. 희망의 빛, 구원의 빛이 있다면 그곳은 어디였을까요? 각자 희망의 빛은 다른 곳에서 나오겠지만 나에게는 엄마였습니다

"너 때문에 산다, 너라도 있으니 살아."

엄마는 나를 낳아 기르며 울고 웃었습니다. 웃는 시간보다 운 시간이 많았겠지요. 그래도 웃을 수 있었던 것은 엄마와 딸이라는 끈을 놓지 않았기 때문입니다. 우리 모녀는 엄마와 딸이라는 이름이 힘겨울 때도 있었습니다. 하지만 우리를 일으키고 지켜준 것도 엄마와 딸이라는 자리였습니다. 내 삶의 원천은 엄마였습니다. 내 세상에는 내 엄마가 있었고, 엄마 세상에는 나라는 딸이 있었습니다.

내 딸에게 속상한 일이 있었답니다. 나는 내 딸의 고민을 딸의 친구에게 전해 들었습니다. 힘들었을 딸 사정을 먼저 알아채지 못한 엄마로서 미안함이 먼저였고, 내가 아닌 다른 사람에게 속사정을 털어놓은 딸에게 서운함이 이어졌습니다.

학교 끝나는 시간에 맞추어 학교 앞에서 딸애를 만나 카페에 갔습니다. 딸애가 좋아하는 조각 케이크와 민트 초콜릿을 주문하고 창이 보이는 테이블에 나란히 앉았습니다. 나는 먼저 딸에게 힘든 일을 혼자 겪게 해서 미안하다고 말했습니다. 딸애는 별거 아니라면서 이야

기를 해주었고, 속마음도 털어놓았습니다. 엄마와 이야기할 수 있어서 너무 다행이라는 딸애 말에 또 한 번 고마웠습니다.

　나의 세상에는 내 딸이 주인공입니다. 나는 주인공이 빛나도록 뒤에서 돕는 조력자가 되겠습니다. 때때로 다그치고 잔소리하고 성질도 부리겠지만, 내 마음은 미움과 원망이 아닌 사랑과 믿음으로부터 나온다는 것을 알아주길 바랍니다. 부디 딸의 세상에도 내가 함께 있어주길 소원합니다.

햄버거

    동네 산책하러 나갔다가 상가 한 바퀴 돌고 들어오던 길이었습니다. 한동안 비어 있던 상가 유리문에 '햄버거 가게 오픈' 안내장이 붙었습니다. 수제 햄버거집이라는데 광고 사진으로 봐서는 좀 투박해 보이는 게, 집에서 만든 햄버거 느낌이 납니다. 오픈 기념으로 선착순 컵도 준다니, 가게가 문을 열면 일등으로 햄버거를 사 먹어야겠습니다.

    "미국 사람들은 햄버거로 아침밥 대신 먹는대."

    엄마는 미국 아침밥이라며 햄버거를 만들어주었습니다. 채소 무침이랑 커다란 동그랑땡을 튀겨서 호떡 두 장 사이에 넣은 후 케첩으로 마무리한 햄버거. 호떡 두 장은 번이라는 거고, 채소 무침은 샐러드이

고, 동그랑땡은 고기 패티인 셈입니다.

처음에는 이 큰 빵을 어찌 먹나 고민했는데 그냥 입 크게 벌리고 먹으면 됩니다. 사이에 있던 샐러드가 빠져나와 불편했지만, 엄마는 한동안 아침밥으로 햄버거를 만들었습니다. 따뜻한 밥이 아니어도, 국을 데우지 않아도, 반찬 고민을 하지 않아도 되니 엄마 처지에서 밥상 차리는 것보다는 햄버거가 더 편했을까요?

채소에 케첩 잔뜩 뿌렸던 그 햄버거가 가끔 생각납니다. 빵집을 지나가다가 '옛날 빵집 사라다빵'이라고 해서 사 먹어봤는데, 엄마가 만들어주던 맛이 아닙니다. 집에서도 만들어봤는데 그 맛이 아닙니다. 입맛이 까탈스러운 편은 아닌데 그때 그 맛을 영 따라 할 수가 없네요. 케첩이 가득해서 시큼했는데 요즘 케첩은 달고 새콤합니다. 돼지고기 패티 속에 뭔가 오도독 씹혔었는데 요즘엔 너무 부드럽고 종잇장 씹는 질감입니다.

투박해서 정감 있던 햄버거. 옛날, 엄마가 해주던 햄버거 맛이 기억에는 그대로인데 어디서도 그 맛을 찾을 수 없네요. 그 맛을 잊을 수 없으나 맛볼 수 없으니 엄마 햄버거가 더 간절해집니다. 또 햄버거를 핑계 삼아 엄마가 보고 싶다는 투정을 해버렸네요. 나는 그냥 엄마가 해준 햄버거를 먹고 싶은 건가 봅니다. 오늘 또 나는 엄마가 보고 싶은가 봅니다.

추신.

나는 어릴 때 햄버거를 만들어주고, 미제 분유를 물에 타주던 우리 엄마가 미국 사람일지도 모른다고 생각했습니다. 다행스럽게도 내 엄마는 부산이 고향인 한국 사람입니다.

유품을 정리하다가 1

시간은 약이 되었습니다. 세월은 내 슬픈 감정을 망각의 강에 흘려 희석했습니다. 이제는 엄마가 없다는 게 그때처럼 슬프지 않아 옛이 야기 하듯 합니다. 그렇게 엄마를 보내주는 데 십 년, 또 십 년이 걸렸 습니다. 이제 엄마와 함께했던 추억의 시간을 아주 오래전, 이라고 말 하곤 합니다.

나는 초등학교 때부터 사촌들과 함께 살았고, 고등학교 때는 고시 원 같은 독서실에서 생활했고, 대학 이후부터는 자취생활을 했습니 다. 오로지 내 방 내 물건, 내 거라고 이름 붙일 만한 것이 없었습니다. 기껏해야 간이 옷장과 책 십여 권 꽂을 삼단 미니 책장, 물품을 담을 정리함 몇 개가 전부였습니다.

반면, 엄마는 가구며 실내장식 소품이며 큼직하고 화려한 것들을 좋아해 거실에는 각종 소품과 여행지에서 사 온 기념품들이 쌓여 있었습니다. 엄마 방 한쪽을 차지한 자개장 안은 옷과 이불, 가방과 소지품 들로 가득 찼습니다. 화장대에도 화장품과 영양제로, 서랍장이며 장식장은 몇 년이 지나도 사용한 적 없는, 사용할 것 같지 않은 잡동사니로 그득했습니다.

아주 오래전, 엄마 사십구재를 지내는 동안, 혼자서 엄마 유품을 정리했습니다. 엄마는 세상을 떠나기 전 새로 이사한 집에서 이 년을 살았습니다. 작은 집으로 이사하기 위해 큰 집에서 사용하던 살림살이를 정리하고 최대한 짐을 줄였습니다. 그런데도 온갖 가구와 소품이 집 안 가득했습니다. 매일 보던 것들로 가득한 장들. 그리고 그 장을 열면 나오는 무수히 많은 물건. 나는 엄마 방에서 하나하나 정리하고 치워갔습니다.

가장 먼저 정리한 것은 옷장이었습니다. 코트가 여러 벌 있었는데 몇 개는 버리기 아까워 지인에게 연락하니 입겠다 해서 주었습니다. 엄마는 외출할 때 코트나 재킷을, 집에서는 꽃무늬나 동그라미 패턴의 일명 홈드레스를 즐겨 입었습니다. 계절별로 따로 입지 않고 하나가 마음에 들면 두어 개 사서 한 계절을 입었습니다. 역시 옷장에는 낡은 홈드레스가 여러 벌 옷걸이에 걸려 있고 선반에도 쌓여 있었습니다. 나는 홈드레스를 하나씩 꺼내서 입어보고 거울에 비추어 본 후

벗어서 상자에 담았습니다.

다음은 서랍장을 정리할 차례입니다. 서랍 한 칸에서만 속옷이 한 보따리 나왔습니다. 아직 상표도 떼지 않고 포장도 벗기지 않은 물건이 쌓여 있었습니다. 속옷이라 누굴 주기도 쉽지 않으니 그대로 상자에 넣었습니다. 그런데 정작 엄마가 입고 있는 속옷은 해지고 허리 고무줄이 늘어지고 삭은 것이었습니다. 엄마는 사는 것을 좋아했지만 사놓고 아끼느라 쓰지 않는 것도 많았습니다. 나중을 위해 쌓아두는 게 습관이 되었던 것이지요. 그렇게 모으고 아끼던 것들은 그야말로 똥이 됐습니다.

마지막으로 장식장과 액자, 소품을 정리했는데 이것을 정리하는 데 가장 오래 걸렸고 처분하기 어려웠습니다. 나는 평소에 그것들을 엄마의 애장품보다는 집 안에 쌓아둔 골동품 정도로 여겼습니다. 그래서 엄마의 물건에 크게 공감하지 못했습니다. 다만 엄마의 물건이니 함부로 버릴 수는 없고, 죽은 사람 물건이라 생각하니 누구에게 주기에도 편치 않았습니다. 결국, 장식장에 들어 있는 몇 개의 물건을 제외하고 모두 시내 골동품점에 내주었습니다. 가격을 매길 근거도 없어서 처분하는 데 초점을 두었습니다. 시간이 지나고 나서 그렇게 버리듯 처분한 일이 두고두고 후회됩니다.

"내가 죽으면 내 물건들은 어떻게 되는 거지? 누가 내 물건을 정리하지? 정리하기 힘들면 결국 그냥 버려질까?"

이런 생각을 하다 보니 내 것은 내가 수시로 정리해두어야겠다 싶었습니다. 시간이 나는 틈틈이 내 서랍, 옷장, 소지품을 정리합니다. 보통 일 년 이상 입지 않고 사용하지 않은 것은 과감히 버립니다. 가족과 인연이 있거나 나만의 추억이 깃든 것은 사진으로 남기고 처리했습니다. 외출이나 여행에서 머문 자리도 정리하고 나옵니다. 나를 모르는 누군가가 흔적을 치우느라 불편하지 않게 하기 위함입니다.

노년으로 죽음을 맞이할 수 있습니다. 운이 좋지 않다면 외출 후 내 집으로 다시 돌아오지 못할 수도 있습니다. 죽음을 생각한다는 것이 유쾌한 일은 아니지만 죽은 뒤 정리되지 않은 내 물건을 정리하느라 내 가족이 난처해하지 않길 바랍니다. 그래서 집안 물건을 제자리에 두고 필요 이상의 물건은 들이지 않으려고 합니다. 최소화한 삶을 산다기보다는 일상이 정리인 셈입니다. 죽음과 떠남은 예고된 것이 아닙니다. 언젠가 내가 떠나면 남겨진 가족들이 편안하게 나를 추모하라는 뜻에서 시작한 것입니다.

내가 머물던 자리, 살던 집, 사용하던 물건. 사랑하는 사람. 모든 것을 소중히 여기다가 떠난 후, 남겨진 사람들이 혼란 없이 내 것을 정리하며 편안히 나를 기억하길 바랍니다.

유품을 정리하다가 2

버리면 또 버릴 것을 버리지 못하고 싸두었습니다
놓으면 또 놓을 것을 놓지 못하고 움켜쥐었습니다
비우면 또 비워질 것을 비우지 못하고 채웠습니다

버렸다고 생각했는데 아직도 가지고 있었습니다
놓았다고 생각했는데 아직도 꼭 쥐고 있었습니다
비웠다고 생각했는데 아직도 채우고 있었습니다

머릿속 상념들로 틈 없이 채워서 움켜쥔 그 손 놓지 못하고
쥐어서 가졌던 욕심 비우지 못하고
쌓아서 그래서 뭐 하려고 그랬는지
그러다 똥 되었습니다!

꼭 다문 입마냥 한 움큼 움킨 손에 땀이 나고 저리기까지 합니다
손가락 한두 개 펴주면 되는데 그러지 못해 이 고생을 합니다
다 쓰지도 못하고 말 것을 뭐 하러 꼭꼭 숨겨두었습니다

공으로 주어도 안 가져갈 그게 뭐라고 내어놓질 못했는지
죽으면 다 뭐 하려고 나중에 누구 주려고 그랬는지
아끼고 아껴두었는지 결국에 삭아 쓰지도 못하고

눈물로 버리고 말았습니다

동기간에

동생이 길에서 돌부리에 걸려 넘어졌습니다
누나는 가던 길 멈추고 뛰어가서는
동생을 일으켜 세우고 무릎과 옷을 털어주고는
안되겠다 싶은지 제 몸만 한 동생을 업고 집으로 걸어갑니다

동생은 아픈 얼굴 금세 사라지고
누나 등에 딱 붙어서 이내 잠이 듭니다
이렇게 알뜰살뜰 동생을 챙기니 어딜 가도
누나 누나 하지요

동생이 친구들과 싸우고 울며 들어왔습니다

형아는 울고 있는 동생에게 다가가
위로하듯 나무라듯 동생의 어깨를 토닥거리고는
화를 내고 씩씩거리기며 '누가 내 동생 때렸어?' 목소리를 키웁니다

동생은 겁먹은 얼굴 어느새 사라지고
형 뒤에 서서 대장이 된 듯 우쭐거립니다
이렇게 목숨 걸고 동생을 지키니 어딜 가도
형아 형아 하지요

세상에 네들에게 누가 있겠니,
믿을 것은 형제뿐이야
형과 누나는 애달픔으로 똘똘 뭉쳐 동생을 지킵니다

엄마는 돈 벌어야 하니까 매우 바빠
엄마가 없을 때는 서로 싸우지 말고 잘 지내야 해
형과 누나는 동생에게 세상 유일한 혈육입니다

선물이 선물이 되다

모임 가기 전 집 안을 둘러봅니다. 뭐 줄 것이 없나 하고 말이지요. 건넨 선물을 감사히 받아 귀하게 여기는 그들을 생각하며 선물 찾기 하는 순간이 좋습니다. 내가 돈을 들여 사기도 하지만 내가 가지고 있던 물건을 주는 경우가 더 많습니다. 주는 기쁨도 크지만 받는 기쁨도 감출 수 없습니다.

선물 - 남에게 어떤 물건 따위를 선사함

마음을 표현하는 데 서툰 사람입니다. 가진 것을 나누어주는 데 후한 편도 아닙니다. 마음을 내고 선물을 하는 것이 익숙지 않습니다. 그래서 선물하는 연습도 필요한 사람입니다.

마트 갔다가 그냥 주고 싶어서 샀다는 일회용 장갑, 빛이 되고 싶다고 건네는 왕언니 소금, 샀는데 자신보다 내가 더 잘 어울리겠다고 넘긴 티셔츠, 여행 갔나기 모임 생가나서 이워 수대로 사 왔다는 책갈피. 그들에게 받은 소소한 것이 나를 생각해주는 마음에 더해져 충만해집니다. 이것이 선물을 주고받을 때 행복해지는 이유입니다.

일부러 선물을 사는 일은 많지 않습니다. 가지고 있던 것을 줄 때는 새것도 있고 사용하던 것도 있고 사용 중인 것도 있습니다. 집 안의 물건을 정리하다가 생각나는 사람에게 내가 쓰던 물건을 주기도 하고, 특히 요즘엔 선물받은 것을 포장도 뜯지 않고 가지고 있다가 필요할 것 같은 사람에게 전하기도 합니다.

내가 누구에게 주는 것을, 선물하는 것을 좋아한다고 해서 그 선물이 거창한 것은 결코 아닙니다. 그래서 선물이랍시고 건네는 손이 좀 부끄럽기도 하지요. 선물하는 데 특별한 이유가 있는 것은 아닙니다. 그저 내가 가진 나머지에 관심을 보이면 주는 겁니다. 그래서 나의 방식으로 전한 선물을 기쁘게 받아주면 오히려 감사합니다.

내가 가진 물건을 줄 때 비중을 차지하는 것 중 하나가 책입니다. 주로 도서관에서 책을 빌려 읽었습니다. 코로나19 이후로 도서관 가는 일이 줄었고 거의 서점에서 구매해서 읽습니다. 읽고 난 책을 책꽂이에 꽂기보다는 생각나는 사람, 어울리는 사람에게 줍니다. 내가 쓴 독서 후기나 문장 채집을 적은 메모를 곁들이기도 하는데. 내 취향과 성향을 표현하기 참 좋은 선물입니다. 요즘은 바빠서 차에도 넣어두고 가방에도 넣어두었다가 생각나면 툭 건네는데 좀 성의 없게 느껴져서 줄 때 망설이기도 합니다.

선물하게 된 또 하나의 이유는 많은 선물을 받아서입니다. 나는 물건을 쌓아두지 않는 편입니다. 상자째로 받은 대용량 물품이나 패키지로 받은 선물은 사실 일 년 동안 다 쓰지 못합니다. 그래서 선물 받은 것들을 두세 개로 나누어 포장해둡니다. 집에 오는 손님이나 모임에 나가서 여러 사람에게 나누어줄 때 부담 없이 자주 선물할 수 있어서 좋습니다. 이렇게 선물을 하면 받는 입장에서 보답해야 하는 부담 없이 가볍게 받을 수 있습니다. 한 명에게 많이 주는 것보다는 여러명에게 조금씩 자주 주는 것이 내 선물 방식입니다.

이렇게 선물을 소포장해서 나누어주는 선물 취향은 엄마로부터 시작되었습니다. 엄마는 뭐든지 대형 사이즈, 대량 구매를 합니다. 모르는 사람이 보면 전쟁 대비하는 줄로 알 겁니다. 엄마는 사 온 물건을 거실 바닥에 쭉 펼쳐놓고는 비닐봉지에 나누어 담습니다. 감자떡, 쌀떡, 돼지고기 등 식료품뿐만 아니라 뻥튀기, 오징어채 같은 주전부리며 칫솔, 비누, 샴푸 등 생필품도 사서 봉투에 나누어 담아둡니다. 그러고는 오가는 사람들에게 나누어줍니다. 사는 것을 좋아하는 엄마는 필요해서 사는 게 아니라 나누어주고 싶어서 사는 것 같습니다. 엄마

는 구두쇠이고 짠돌이인데 이럴 때는 막 퍼주는 산타가 됩니다.

엄마는 받는 것도, 주는 것도 밝힙니다. 달력에 생일을 표시하고
선물하라고 공개적으로 요구합니다. 물론 선물을 줘야 할 때는 확실
히 티를 내며 줍니다. 얼마나 사랑하는지, 생각하는지, 느낄 수 있도록
말이지요. 없던 것은 구해오고, 있는 것은 내어주는 사람입니다. 그래
서 나도 서툰 내 마음을 선물로 에둘러 표현합니다. 내미는 손이 작아
서 줄까 말까 고민도 하지만 그 고민도 마음 쓰는 것의 일부가 됩니
다. 혹시라도 나에게 선물을 받을 일이 있다면 작지만 받아주기 바랍
니다.

억척이다

지금부터 십 년 전 일이네요.
내가 사는 동네에는 여름이면 실내수영장이 개장합니다.
임시 에어바운스로 설치된 실내수영장인데
해마다 여름이 오면 개장 기념으로 행사를 엽니다.
선착순 열 팀, 입장료가 공짜랍니다.

해마다 연례행사처럼 나는 이 행사에 도전합니다.
그리고 연속 삼 년을 거뜬히 성공합니다.
당당히 일등으로 행사장에 도착한 우리 가족은
무료로 입장해서 인증 사진도 찍습니다.
주최 측에서 찍어주는 사진을 받아보면 나도 아이도 몰골이 말이 아닙니다.

자는 아이들을 깨워 반강제로 나갑니다.
어릴 때 아이들은 물놀이를 좋아하지만
새벽부터 일어나 나가는 것은 반갑지 않습니다.
사진 속 아이들 표정이 그리 밝지 않은 이유입니다.
초췌한 얼굴이지만 그래도 무료입장의 수혜자라는 사실로
얼굴에 웃음이 든 것은 나뿐입니다.

친구는 대단하다면서 칭찬하지만
꼭 이렇게까지 하며 놀아야 하냐고 타박도 줍니다.
그러거나 말거나 나는 또 내년을 약속합니다.
입장료 그게 얼마나 한다고 새벽부터 난리냐 하지만
이러면 주말 용돈이 굳는걸요.
그런 내가 참 억척스럽다고들 합니다.

엄마랑 살 때 내가 친척들과 사람들에게 많이 들은 말 중 하나가
'네 엄마는 대장부다'와 '네 엄마는 억척스럽다'였습니다.
무슨 일이든 겁 없이 뛰어들어 척척 해내는 것을 보면 대장부입니다.
그런 대장부가 억척스럽다고도 했습니다.
나는 엄마가 대장부라는 말이 억척이라는 말처럼 들렸습니다.

나는 억척스러운 엄마가 창피할 때도 있었지만,

외할머니는 그런 엄마를 대장부라고 칭찬했습니다.

아이들 데리고 혼자 살려니 억척스럽게 모질게 살아야지, 편들어주

었습니다.

결혼해서 아이들을 키우다 보니 이제는 엄마 마음을 이해합니다.

애들 키우며 살다 보니 나도 엄마처럼 그렇습니다.

"나중에 큰돈 들 때 크게 쓰려면 지금은 이렇게 아껴야 해."

엄마는 항상 그렇게 말했어요.

살아보니 그렇습니다.

"너 때문에 산다,
너라도 있으니 살아."

내 삶의 원천은 엄마였습니다.
내 세상에는 내 엄마가 있었고,
엄마 세상에는 나라는 딸이 있었습니다.

꽃신

곱디고운 베옷 입고 꽃신 신고 가는 님아~
이승의 짐 훌훌 벗고 고이 가소 정든 님아~

어린 자식들이 눈에 밟혀
꽃신은 저만치에 벗어두고
마지못해 거친 발로 떠났을 당신인데

내 새끼 가여워서
애쓰는 마음 뒤로하고
어쩔 수 없어 맨발로 뒷걸음쳤을 당신인데

좋은 신발 신어야 좋은 집에 시집간다고
어린 내 발에 고운 신발 신겨주고는
새 신발 닳을까 고심하며 업히라 했던 당신인데

새 신 신고 갈 곳도 없다며
내가 신고 가면 어딜 가냐고
한겨울에도 해진 신발 끌고 다녔던 당신인데

나는 이렇게 꽃신 신고 여기저기 좋은 곳에 다다를 때
당신은 맨발로 차디찬 곳에서 얼마나 춥고 외로울까 생각하니
신지 못하고 남겨둔 엄마 꽃신이 내 눈물받이 되었는데

부디….
그곳에서는 고운 꽃신 신고 꽃길을 걸어가요, 엄마

사는 게 바빠서

여자와 남자는 구조가 다릅니다. 그래서 남자는 하나에 몰두하고 두 개를 하라면 서툴다 못해 당황해합니다. 여자는 동시에 두세 가지를 한다는데, 내가 동시 동작에 능한 딱 그런 여자입니다. 내 인생 좌우명은 '완벽할 수 없다면 빠르게라도'입니다. 몸의 움직임도 그러하고 생각도 그러합니다. 그래서 손이 빠르다는 말을 많이 듣지만 산만하다는 소리도 들었지요.

왼손은 칫솔 들고 양치하면서, 오른손은 수세미로 세면대를 닦습니다. 두 팔은 싱크대 위에서 저녁 설거지를 하고 있는데 두 발은 좌우로 거실 바닥을 닦습니다. 변기에 앉아 아랫배에 힘을 주면서도, 수건걸이에 꽂아둔 책을 꺼내 읽습니다. 샤워기 아래 따뜻한 물을 맞으면서도, 두 손은 양말과 속옷가지를 비벼 빱니다.

이런 것도 유전이라면 유전인가 봅니다. 아니면 어려서부터 보고 자란 게 습관이 돼버린 걸까요. 엄마가 그랬습니다. 엄마는 몸이 하나인데 할 일은 많았으니 한 번에 두 가지 일을 할 수밖에요.

엄마는 하나에 만족하지 못했습니다. 그런 엄마를 보며 할매는 욕심이 많아서 그렇다는데 그 소리가 꼭 지청구는 아니었습니다. 남들보다 열심히 부지런히 잘 산다는 말입니다. 엄마는 엄마 혼자서 아빠엄마 역할을 했고, 엄마는 혼자 애 키우기도 벅찼을 텐데 일도 취미도 둘 다 해냈습니다. 완벽하지는 못했지만, 엉망은 아니었으니 양손에 떡을 쥐고 못 먹는 사람은 아니었습니다. 적당히 맛보고 즐길 줄 아는 사람이었습니다.

바빠서 힘들어서 죽겠다고 엄살도 피울 만한데 엄마는 그러지 않았습니다. 여러 일을 하다 보니 벅찰 때도 있었지만 그럴 때마다 내가 시작했으니, 하고 받아들였습니다. 엄마에게 닥친 일이 크건 작건 묵묵히 해냈습니다. 나도 내가 하고 싶은 게 있으면 합니다. 해야 할 일만 해도 벅찬데 하고 싶은 일까지 해야 엄마처럼 무딘 듯 버티어냅니다. 그러니 매사에 '빨리빨리'가 입에 붙었고, 빨리할 수 있는 유일한 방법은 일머리를 익혀 동시에 하는 겁니다. 그러다 보니 동시 동작에 능한 사람이 된 것이고요.

욕실에서 한참 몸을 씻다가, 속옷가지를 비벼 빨다가, 바닥 타일을 씻어내다가, 목욕탕 거울에 비친 얼굴을 봅니다. 욕실 온기 때문이었을까요, 내가 이리저리 움직였기 때문이었을까요. 이마에는 물인지 땀인지 모를 것이 맺혔습니다. 거울 속 내가, 엄마가 말합니다.

> 엄마는 너희 키우느라 쫓기듯 살았어.
> 하고 싶은 게 많았고, 할 일이 많았어.
> 사는 게 바빴고, 여유가 없었어.
> 그런데 너희는 그렇게 살지 마.
> 급할 것 없어.
> 서둘지 마.
> 하나씩 해!

거울에 비친 얼굴을 다시 쳐다봅니다. 나도 내가 안쓰러웠는지 고개를 끄덕입니다. 이제부터 이 닦을 땐 이만 닦고, 똥 쌀 땐 똥만 싸려고요. 그랬더니 새하얀 이가 반짝이며 웃습니다. 꽉 찬 배를 비우니 아침이 개운합니다. 여유 있게 아침을 여니 평화롭네요. 내일이면 빨리빨리 재촉하며 허둥지둥하겠지요. 한 번에 하나씩, 다짐하고 여유 있는 하루를 시작해보겠습니다.

엄마처럼 안 살려고, 벼룩시장

“사세요, 싸요. 깎아드려요.”

또렷한 손짓 몸짓, 또박또박 내뱉은 발음, 우렁찬 목소리. 아이들은 지나가는 사람들의 시선을 끌었습니다. 물건을 팔고 못 팔고는 중요하지 않습니다. 일단 집에 잠들어 있던 물건을 집 밖으로 내놓았고, 아이들이 어떻게 처리할지가 궁금할 뿐입니다.

며칠 전부터 집에서 쓰지 않는 물건을 욕실에서 깨끗이 씻어 말린 후 빈 상자에 담아두었습니다. 오늘, 벼룩시장이 열리는 날, 배정받은 가판대 위에 물건을 내놓고 그 앞에 가격표를 적어 붙였습니다.

벼룩시장에 나올 때는 규칙이 있습니다. 하나는 집에서 가지고 나온 물건은 집으로 가지고 가지 않기. 그래서 시장이 끝날 즈음 남은 물건이 있다면 싼값에라도 팔아버립니다. 그래도 팔리지 않은 물건은 기부함에 모두 놓아두고 돌아옵니다.

또 하나는 물건을 팔고 번 돈의 반은 기부하고 남은 반은 아이들이 쓰도록 합니다. 아이들은 그렇게 열심히 물건 판 돈으로 시장이 열리는 동안 눈여겨두었건 물건을 삽니다. 흥정에 재미가 붙었는지 가격도 깎고 뭐 하나라도 덤으로 집어 옵니다. 아이들이 사는 물건이라고 해봐야 집에 와서 며칠 가지고 놀다가 다시 다음 벼룩시장에 내놓을 물건이지만, 파는 재미에 사는 재미가 쏠쏠하니 그것으로 만족합니다. 오늘은 잘 팔았습니다. 기부하고도 여윳돈이 생겼습니다. 오전에 눈여겨보았던 인형과 카드를 삽니다. 떡볶이도 사 먹습니다.

아이들은 벼룩시장에서 물건을 사고파는 것을 좋아합니다. 나는 벼룩시장에 물건을 내놓는 것 자체를 좋아합니다. 벼룩시장에 참여하는 이유는 아이들의 시장놀이나 경제교육도 있지만, 집 안 물건을 정리 정돈하려는 목적이 더 큽니다. 아이들이 물건을 팔아 얼마를 벌었나 보다는, 사용하지 않는 물건을 집에 쌓아두지 않도록 하는 것이 우선입니다.

엄마는 하찮은 물건 하나도 허투루 버리는 일이 없었습니다. 길 가다가 빈병을 주워 와서 깨끗이 씻어 물기를 제거한 후 모아둡니다. 상자 하나 가득 채워지면 고물상을 불러 팝니다. 길에서 버려진 빈병을 줍는 엄마에게 그냥 가자고 말하면 "이게 다 돈이야" 하면서 줍습니다. 그런 엄마를 누가 볼까 창피하기두 하고, 궁상떠는 모습이 싫기도 했습니다. 그렇게 모은 잡동사니로 지하실은 가득 차서, 뭐 하나를 찾으려면 쌓인 물건들을 죄다 꺼내놓아야 할 판입니다.

엄마에게는 쓸 만한 물건이 나에게는 그저 잡동사니로만 보입니다. 집 청소와 정리정돈은 내 몫인지라, 엄마가 물건을 쌓아두는 것만 보아도 진이 빠집니다. 그래서였는지, 베란다에도 창고에도 물건을 쌓아두지 않습니다. 사용하지 않을 것 같은 물건은 공짜라고 받아오는 법이 없습니다. 일 년 동안 쓰지 않는 물건은 벼룩시장, 아름다운 가게, 그리고 아이들과 함께하는 벼룩시장에 내놓습니다.

주변에서는 이런 나를 보며 미니멀 라이프라고 합니다. 나는 그저 쌓아두고 먼지 쌓이는 게 싫을 뿐입니다. 모으고 쌓아두기 좋아하는 엄마를 보면서 나는 좋은 기억보다는 나쁘고 불편했던 생활이 먼저 떠오릅니다. 그저 쌓아두고 먼지 쌓인 엄마의 물건들이 싫어서 나는 습관적으로 버리고 치우는가 봅니다. 그게 미니멀 라이프라면 나는 지금 그렇게 사는 겁니다.

마실

일요일 오후, 무작정 딸과 밖으로 나왔습니다. 갈 곳이 있는 것도, 약속이 있는 것도 아닙니다. 그저 점심을 먹고 난 후, 심심하던 차에 콧바람이나 쐬자는 것이었지요.

"가고 싶은 데 있어?"
"딱히…."
"그럼, 거기 갈까?"
"그래…."

주말이면 집 앞 카페 구석진 테이블을 차지하고 앉습니다. 내가 음료수 둘, 빵 하나를 주문하는 사이, 딸애는 카페에 진열된 만화책 한 아름을 안고 와서 테이블에 올려놓습니다. 제집인 양 소파에 비스듬히 기대어 눕는 게 세상 편안한 표정입니다.

　우연히 들렀던 이곳은 프랜차이즈 카페에서 흔히 보는 일괄적인 인테리어가 아니라 맘에 들었습니다. 네모반듯한 실내에 테이블이 규칙적으로 놓여 있어서 밋밋할 텐데 뜨개질을 좋아하는 카페 주인의 취향이 여기저기 묻어나서 따스한 소박함이 느껴집니다. 애니메이션 주인공 '빨강머리 앤'을 모티브로 한 컵, 접시, 방석과 등 쿠션, 액자와 양초 등 갖가지 소품에 마치 앤 개인 박물관에 온 듯합니다. 갈 때마다 하나씩 늘어나는 그 소품들 볼 기대감과 만화책 읽는 재미가 쏠쏠합니다.

　창문 너머는 이 차선 도로인데 다니는 차는 많지 않습니다. 도심지에 비해 푸르고 울창한 나무들이 도로변을 울타리 삼아 자리잡고 있습니다. 카페에는 손님들도 적당해 한산한 주말 오후를 보내기 안성맞춤입니다.

　이곳은 긴장된 생각, 경직된 몸, 복잡한 고민, 바쁜 일상과는 어울리지 않습니다. 딱딱한 벽돌 책이나 전공 서적 말고 가볍고 경쾌한 만화책이나 컬러링북이 어울립니다. 포크보다는 손으로 빵을 뜯어서 커피에 찍어 먹어야 제맛입니다. 의자에 무릎을 포개어 담요를 덮고 살짝 기우뚱한 자세도 실례가 되지 않을 곳입니다. 여기서는 늘어진 모습

도 좋고 게으른 모습도 허용됩니다. 바빴던 주중의 무거움을 내어주고 편안함만 누리면 됩니다.

아이와 이어폰을 한쪽씩 귀에 나누어 끼고 요즘 아이가 좋아하는 음악을 듣습니다. 핸드폰으로 함께 사진도 찍고 인터넷으로 유행하는 요리법도 배웁니다. 평소에는 잔소리가 이어졌겠지만, 핸드폰 사용도 여기서는 눈감아줍니다. 입으로는 민트 초콜릿을 맛보고 눈으로는 동영상을 보는 우리는 그저 행복하다, 입니다. 아이는 이런 자유를 누리는 맛에 집에 누워 있다가도 벌떡 일어나 나를 따라나서는 거겠지요.

내가 한참 어릴 적, 엄마가 바쁘지 않았을 때가 있었던가요? 엄마는 저녁을 먹고 나면 "마실 갈래?" 합니다. "그러지!" 하고 엄마를 따라나섰습니다. 그때도 지금처럼 특별한 곳을 가는 것은 아니었습니다. 외삼촌 가게에 들러 조카, 사촌 얼굴 보고 앉았다 나옵니다. 동네 가게 아주머니와 동네 이야기 몇 개 주워듣습니다. 더는 갈 곳이 없습니다. 동네 한 바퀴 돌며 가게가 다시 문을 열었네, 물건이 새로 들어왔네, 지난번에 산 것이 마음에 드네! 안 드네! 평을 하며 걷습니다. 돌아오는 길엔 아이스크림 하나가 손에 들려 있습니다. 저녁 먹고 귀찮아서 나갈까 말까 고민하다가도 손에 쥐어지는 요 아이스크림 덕분에 나는 그게 좋아서 싫다 싫다 하면서도 엄마를 따라나선 거겠죠.

엄마와 내가 그러했듯이 딸과 나의 마실도 그랬던 거죠. 특별히 갈 곳이 있어서가 아니었죠. 엄마랑 손잡고 걷는, 딸과 이어폰을 나누어 음악 듣는, 요 재미가 있었던 거죠. 그리고 아이스크림과 민트 초콜릿 은 덤일 테고요.

엄마와 딸, 나와 딸, 우리 마실은 단둘이 하는 여행이었고, 작은 항 해인 거죠.

새 신

　고기도 먹어본 놈이 먹는다고 쇼핑도 해본 사람이 하는가 봅니다. 쇼핑을 즐기지 않아서 그런지, 백화점에 가봐야 살 것이 없습니다. 친구들은 백화점 가서 구경하고 쇼핑하면 스트레스가 풀린다는데, 나는 백화점이라는 곳이 영 재미도 없고 흥도 나지 않습니다. 마음에 드는 옷이나 물건을 보면 상품 한번 보고, 가격표 한번 보고, 입 한번 떡 벌어지고, 그러고 나면 '밥이나 먹자!' 하며 백화점 쇼핑을 마무리합니다.

　주말에 아이들을 데리고 백화점에 다녀왔습니다. 아파트에서 지하도만 내리고 오르면 닿는 곳에 백화점이 있지만 정말 오랜만에 가봅니다.

회사에서 체육대회 날에 입을 유니폼 사라고 체육 행사비라며 백화점 상품권을 주었습니다. 체육대회에는 집에 있는 편한 옷 입고 가면 되니까, 이참에 그 상품권으로 아이든 옷이나 한 벌씩 사주어야겠다 마음먹고 나온 겁니다. 그나마 이런 상품권이 들어오지 않으면 백화점 갈 일도 없을 겁니다.

물건을 사는 데 흥이 나지 않는 것은 물욕이 없어서가 아니라 여윳돈이 없어서일지도 모르지요. 십 년 남짓, 아이들 옷은 윗집 아랫집에서 얻어 입혔습니다. 생일이며 기념일에 선물로 들어오는 아이들 속옷을 몇 해씩 입히고, 아이들 새 옷 하나 사줄 여력이 없었습니다. 아이들 예쁘게 입혀 사진도 찍어주고 자랑도 하는데 나는 아이들 키우며 이런 재미는 없었습니다. 내 코가 석 자라 아이들에게 하루하루 먹고 재우고 학교 보내는 것이 나한테는 최선의 양육이었지요.

아이들 어릴 때, 옷 하나를 남매가 물려받아 입어야 하니 첫째 옷 색깔은 녹색 혹은 빨강입니다. 백화점 가기 전에 무조건 샤랄라 원피스 사려 했는데 이상하게 한 해만 입고 말 둘째 옷은 선뜻 사는 것이 망설여집니다. '하나 있는 딸 예쁘게 키워야지, 나중에 사랑받지' 하면서도 머리핀 하나, 구두 한 켤레 사는 것은 왜 그리 아깝던지요.

오늘도 백화점에서 애들 옷 하나 사는 게 뭐 그리 어려운 일이라고, 익숙지 않아 이것저것 가격표나 확인하고 무엇을 골라야 새 옷 입혔다고 티 날까 고민이 많았습니다. 결국, 요즘 애들이 많이 입는다는 브랜드 매장에 들어가서 직원에게 "요즘 애들이 뭐 많이 입나요?" 물어 옷을 사 입혔습니다.

엄마는 일 때문에 부산에 갔다가 집에 올 때는 빈손으로 돌아오는 법이 없습니다. 코르덴 바지며 세미 운동화며 세일러문 칼라가 달린 하얀 주름 원피스며, 내 또래 친구들은 입지 않는 신발과 옷을 사 왔습니다. 그러고는 나에게 입혀보고 엄마 혼자 감탄합니다. 정작 옷과 신발 주인공 표정은 뽀로퉁합니다. 코르덴 바지며 술 달린 구두며 나의 취향도 아닌데…. 더군다나 남들과 다르게 입는 게 싫었습니다. 다른 친구들처럼 리본 맨 운동화나 청바지 뭐 그런 평범한 것이 좋아보였습니다. 옛말을 잘 듣는 엄마 신념 중 하나가 좋은 신 신어야 잘 산다, 였습니다. 신발만큼은 브랜드를 신겼고, 멋진 디자인을 골랐습니다.

"시골 사는 애들이 몰라서 그런다. 이거 무지 유행하는 거야."
고되고 팍팍한 살림에도 엄마는 내가 예쁘게 입고, 남들 눈에 띄고, 그 누구보다 돋보이길 바랐습니다. 없는 집 애처럼 보이면 안 된다고 있는 집 애처럼 보여야 한다고 했습니다. 엄마는 못 입어도 딸만큼은 부잣집 딸 소리 듣고 기죽지 않게 키우고 싶었습니다.

마중

엄마는 한 달에 한 번 부산에 다녀옵니다. 엄마가 부산으로 갈 때도 그렇지만, 집으로 돌아올 때도 머리에 이고 어깨에 멘 짐보따리는 그대로입니다. 방학에는 나를 데리고 가지만 보통은 혼자 통일호 기차를 타고 갑니다. 좌석이 없을 때는 통일호 입석을 끊습니다. 이고 지고 멘 짐보따리를 열차 객차 간 통로에 세우고 그 위에 걸터앉았다가 섰다가 하며 북적이는 사람들과 짐 사이에서 서너 시간을 함께 통일호는 달립니다.

부산 간 엄마는 하룻밤 자고 늦더라도, 많이 늦더라도 꼭 돌아옵니다. 기차는 제시간에 도착하기도 하지만 늦게 도착하기도 합니다. 아무리 기차가 늦게 도착해도 버스가 끊기기 전에만 도착하면 됩니다.

엄마가 돌아오는 날, 일찍 저녁밥을 먹고, 시내버스를 타고 역에 갑니다. 열차에서 사람들이 나오는 출구 쪽에 서 있다가 쭈그리고 앉았다 하면서 연신 기웃거립니다. 열차가 도착했다는 안내방송을 노래삼아 혼자서 어깨춤을 춥니다. 나뭇잎을 뜯는 대신, 운동화 끈을 풀었다 매었다 하며 엄마가 탄 기차가 '온다? 안 온다?' 점을 칩니다.

출구 쪽에서 우르르 몰려나오는 무리가 몇 번 지나고 나면, 저 멀리서 엄마 소리가 들려옵니다. 피곤함 끌고 돌아오는 엄마 구두 굽 소리가 멀리서 들립니다. 양어깨에 가방을 들쳐메고 양손에 보따리를 든 채, 구두코는 넓찍이 둥글고, 구두 굽은 원래 없었는지 닳아 없어진 것인지 슬리퍼 같아 보입니다.

엄마는 인삼 판 돈으로 이것저것 사서는 한 짐을 이고 메고 역사를 나오며 나를 부릅니다. 엄마는 경상도 사투리를 쓰는데 성격이 급하고 목소리가 커서, 엄마가 나를 부르면 적어도 근처에 있던 사람 중 반 이상은 엄마와 나를 번갈아 쳐다봅니다.

학교 운동장에서 호명된 학생처럼 엄마 앞에 서면 엄마는 교장 선생님이 학생에게 상장을 전달하듯 짐 하나를 건네고 내 머리를 한번쓱 쓰다듬고 "얼른 가자"며 내 손을 잡고 역사를 나옵니다.

버스 정류장으로 향하던 모녀 걸음이 동시에 멈춥니다. 서로 얼굴 한번 마주 보고 씩 웃고는 누가 먼저랄 거 없이 포장마차로 들어갑니다. 시계를 보면서 '빨리 먹으면 버스 탈 수 있어' 하는 눈빛을 주고받습니다. 굵은 국수 면발에 빨간 고춧가루링 송송 썬 파마 올라간 가락국수를 후루룩 먹어치웁니다. 단무지 하나로 마무리하는 사이 엄마는 가방에서 국숫값을 포장마차 계산함에 넣고 자리를 나옵니다.

나는 역전 가락국수 먹으러 엄마 마중 나가나 봅니다.

엄마야

엄마 새는 둥지에 알을 낳고 그 안에서 알을 품습니다. 그사이 아빠 새는 벌레를 물어와서 곱씹은 것을 새끼 새 입안에 넣어주지요. 새끼 새는 자라면서 연습과 실수 끝에 결국은 하늘을 나는 법을 익힙니다. 그리고 엄마 새와 아빠 새 품을 떠나 멀리멀리 자유롭게 날아갑니다.

엄마 새와 아빠 새는 새끼 새를 그렇게 떠나보냅니다. 품 안의 자식 이라는 말을 아는지 모르는지 부모 품을 떠나면 언제 돌아올지 모를 자식을 위해 품고 또 품지요.

부모 품을 떠나 거센 비바람에 새끼 새는 균형을 잃고 휘청거리기 도 하고 나뭇가지에 걸리기도 합니다. 새끼 새는 그럴 때면 엄마야,

외칩니다. 엄마 새는 새끼 새의 소리를 들은 걸까요? 엄마 새는 놀란 가슴 끌어안고 보이지 않는 새끼 새를 그리며 저 멀리 하늘을 올려봅니다. 마음은 당장 달려가서 잡아주고 일으켜 세워주고 안아주고 싶지만, 이 악물고 쳐다볼 뿐입니다.

알에서 깨어난 새끼 연어는 엄마 아빠 품에 안겨볼 새도 없이 강을 거슬러 오릅니다. 연어의 숙명입니다. 알에서 깨어난 연어는 강에서 생활하며 엄청난 변화를 겪습니다. 누구 도움 없이 그렇게 단련된 어린 연어는 거친 바다로 나갈 준비를 마칩니다. 거친 바다를 거슬러 올라야 하는 연어의 숙명을 아는 어미 연어는 어디선가 새끼 연어를 보고 있습니다. 보이지 않는 무언가가 연결된 듯합니다. 그렇지 않다면 마음과 마음이 어찌 전달될 수 있고 어찌 느낄 수 있을까요?

엄마야!!! 새끼 새도 새끼 연어도 위험에 처하고, 무섭고, 힘들고, 아프고, 어떻든 엄마를 부릅니다. 지금 내지르는 엄마야, 는 깜짝 놀라 지르는 소리입니다. 즐겁고 기쁠 때 내지르는 소리가 아닙니다. 도와 달라고, 함께 있어달라고 외치는 구원 요청의 소리 아닐까요?

나도 엄마를 외칩니다. 무서워서, 두려워서, 놀라서, 외치는 소리입니다. 그렇게 엄마를 부르며 세월을 겪고 지금에 있습니다. 어른이 되었는데도, 엄마가 되었는데도, 나는 가끔 혼자서 부릅니다. 울부짖습니다. 지난날의 외치던 무서움과 두려움은 아닙니다. 그리워서 보고

파서 간절히 울부짖은 외침입니다.

우리 엄마도 나에게 달려오고픈 마음 끌어안고 어디선가 나를 보고 있을까요? 내가 좀 더 간절히 바라면 나타날까요?

법정 스님

산하에 가는 것을 좋아합니다. 산하는 대청댐 지나 문의 마을 안에 있는 작은 집입니다. 집이라고 말은 했지만, 사무실이나 작업실 같기도 합니다. 문의 마을 밖에서 보면 마을 안쪽에 집들이 즐비하게 서 있는데 그중 하나입니다. 가까이 가보면 빨간 벽돌로 담을 둘렀고 대문 앞 문패에는 한글로 '산하'라고 씌어 있습니다.

처음부터 이곳을 알고 간 것은 아니었습니다. 유명 관광지나 블로그에 올라온 명소도 아닙니다. 친구들과 대청댐 근처 문의 마을에 놀러 갔다가 마을이 예뻐서 산책했고, 집 문패에 적힌 이름이 예뻐서 발길을 멈추었습니다. 사실은 내가 사용하던 아이디 중 하나가 산하(山河)였는데 이름이 같아 유독 문패가 눈에 띄었던 것입니다.

문패 아래에는 '들어와서 구경하셔도 좋습니다' 라 적혀 있고, 대문은 반쯤 열려 있었습니다. '산하'를 검색해보니 '대청댐 문의 마을', '사진 전시', '매화' 같은 단어들이 연관 검색어로 나옵니다. 대문을 열고 한 평 안되는 작은 마당을 지나 현관문을 열었습니다. 여느 가정집과 같았습니다. 현관을 열자 이 층으로 연결된 계단이 있고, 계단을 오르는 복도에서부터 사진이 전시되어 있었습니다.

젊어서는 카메라에 산만 담으셨다는 산하의 주인 선생님. 이제는 소소한 일상을 담는 재미에 빠지셨습니다. 선생님이 찍으신 사진 중에서 유독 내 마음을 움직인 것이 있는데 바로 홍매화입니다. 매화는 겨울을 지내고 2월 말부터 피기 시작해 4월 초까지 만개합니다. 추운 겨울을 버티고 단아하게 피어난 매화. 특히 그 붉음이 단아한 홍매화를 보고 있으면 하얀 치마폭에 붉은 핏빛 한 방울이 퍼져 나간 듯 단단한 강렬함이 내게 전해지는 듯합니다.

산하를 좋아하는 진짜 이유는 그곳에 있는 책 때문입니다. 선생님의 응접실에는 '맑고 향기롭게'라고 쓰인 목판이 있습니다. 법정 스님을 좋아하시나 봅니다. 나도 법정 스님을 좋아합니다. 존경합니다. 그곳에 있는 법정 스님의 법문집과 유고집이 탐이 났습니다. 워낙 소중한 책인 것을 알기에 모른 척하고 혹시나 해서 한마디 던져봅니다.

"한 권만 주세요."

"이 책들만큼은 나에게도 큰 보물이라 안 됩니다. 줄 수는 없으나 오며 가며 들러서 읽으세요."

철벽 방어를 치시네요.

맑고 향기롭게, 맑음은 개인의 청정과 진실을 말합니다. 향기로움은 그 청정과 진실이 사회에 끼치는 메아리입니다. 법정 스님의 말씀은 안위와 행복을 지키기 버겁던 나를 맑고 향기롭게 끌어주신 메아리입니다. 스님의 말씀은 제게 그렇게 오신 여래와 같은 것입니다. 엄마 없는 빈자리를 단단하게 지킬 수 있도록 해주신 분입니다. 그리고 부처님께 인도하신 분입니다. 스님의 말씀은 넘어져 울고 있는 나를 일으켜 세워 앞으로 걸어가라 하십니다.

매화꽃 필 때면 산하에 가야지 하던 때가 엊그제였는데 벌써 몇 해가 지났습니다. 겨울이 지나고 매화꽃이 필 때 법정 스님의 좋은 말씀 새기러 홍매화 보러 산하에 가겠습니다.

꿈에

　매일 밤 꿈에 나타나던 엄마가 요즘은 통 소식이 없습니다. 죽은 사람이 꿈에 보이면 아직 이승을 떠나지 않은 거라고 그러니 꿈에 보이지 않는 게 더 좋은 거라 말하네요. 그게 나를 위한 위로라고 그렇게 말들 합니다. 그렇다면 이제 내 꿈에 더는 다녀가지 말아요.

　그런데도 나는 꿈에 엄마가 나타나지 않아 마음이 쓰입니다. 이사를 몇 번 해서 찾아오지 못하는지, 그곳에서도 일이 바빠 시간을 내지 못하는지, 그새 나를 잊고 사는 것은 아닌지. 그러니 이제 이곳을 떠나 그곳에서 잘 지내고 있다고 소식 한번 전하러 와요.

'엄마, 그곳은 좀 편안한가요?'

'편히 쉬고 있나요?'

'그곳에서 사는 것은 이곳보다 나은가요?'

나도 이제 살 만해졌어요. 그러니 내가 잘살고 있는지 한번 보러 와요. 예전처럼 멀리서 내 얼굴 한번 보고 가요. 이름 한번 부르지 않아도 반갑게 웃어주지 않아도 괜찮아요. 손 한번 잡아주지 않아도 그렇게 소리 없이 머물다 가더라도 꼭 한 번 다니러 와요.

꿈에, 엄마는 맨발을 하고는 춥다고 대문을 두드리고, 배고프다고 숟가락만 들고 있었지요. 다음 날 꿈에 다시 들를까 나는 꿈에서 안방에 불을 지피고 밥상을 차리고 기다립니다. 여지없이 엄마는 다음 날 다녀갑니다. 엄마 얼굴 보고도 품에 한 번 안기지 않고, 말없이 한참을 쳐다보다가 그렇게 허망하게 엄마를 보내지요. 안기었다가 꿈에서 깰까 봐, 말을 걸었다가 놀라서 금세 사라질까 봐, 그냥 숨죽여 엄마 얼굴만 바라봅니다.

뒤척이다가 잠에서 깼지요. 꿈도 깨어납니다. 한 번 더 보고 싶어 뜬 눈을 다시 감고 잠들어라. 잠들어라. 간절하게 바랐지요. 소리를 못 듣는 사람이 마음을 열고 상대방의 입을 뚫어져라 바라보듯, 꿈에서나 엄마 소리가 들릴까, 마음을 다해 엄마 목소리를 기다립니다. 엄마를 찾으면 숨죽이고 두 눈 뜨고 지켜보지요. 그렇게라도 엄마를 볼 수 있

는 날은 그나마 다행이지요

웃지 않아도 됩니다. 슬퍼서 눈물 흘려도 더 좋습니다 내게 잠시 다녀가는 엄마. 한 번씩 내 꿈에 다녀가주세요.

깨어보면 눈가에 눈물 맺힌 날, 엄마가 다녀간 날입니다.

호상

"내 너무 오래 안 살았나? 딸년도 먼저 보내고 내 팔자가 징그럽다 안카나?"

딸년한테 가야지 노래하더니 이제 더는 딸년을 기다리게 할 수 없었나 봅니다. 해마다 추석이면 많이 살았다. 이젠 죽어도 된다, 말하고는 뼈아픈 회한으로 살았습니다. 남은 자식들 힘들지 말라고 푸념도 내색도 없이 씩씩하게 살아주었습니다. 일주일은 변비라고, 또 일주일은 먹지를 못한다고, 연락이 왔습니다. 그리고 세 번째 일주일이 지나 할매는 딸년 있는 곳으로 갔습니다.

자식 앞세우고 산 인생을 말로 할 수 있을까요? 개똥밭에 굴러도 이승이 좋다지만, 저승에 딸년 혼자 던져두고 산 인생인데 맘 편히 웃는 날이 있었을까요? 부모가 늙으면, 자식에게 잘하는 일이 건강하게 살아주는 거랍니다. 가진 것 없는 할매가 남은 자식과 손주에게 해줄 수 있는 것은 슬퍼도 슬퍼 말고 씩씩하게 살다가 가는 것이었겠지요. 할매는 잔병 없이 병원 신세 안 지고 살다가 고생 없이 가셨습니다.

이미 내 인생에 가장 중요한 사람을 잃어본 경험자요, 소중한 사람과도 헤어져 이별에 익숙한 나입니다. 하지만 엄마를 대신했던 할매가 떠난다는 것은 엄마를 두 번 잃는 비통함입니다. 가슴 저 밑바닥을 다 긁어 저미는 슬픔에 한 맺히는 일입니다.

친인척들과 문상 온 사람들은 호상이라고 웃으며 할매를 보냈습니다. 할매는 그렇게 많은 사람 배웅받으며 외롭지 않게 저 너머의 길을 떠났습니다.

그리고 보니 내 엄마, 참 외롭게 떠났습니다. 남편이 없으니 상주는 아직 어른이 되지 못한 아들이었습니다. 부모의 떠남이 느껴지지 않고 그저 허망할 뿐 슬퍼할 새도, 울어볼 새도 없이 문상객을 받았지요. 어른들이 시키는 대로 장례절차를 밟느라 미숙하고 어수룩한 어린 것들은 상주 흉내를 겨우 냈을 뿐입니다. 남은 자식은 사랑하는 사람을 떠나보내야 하는 슬픔이 무엇인지 몰랐습니다. 더는 엄마를 볼 수 없다는 상실감도 실제 느끼지 못했습니다. 그저 믿기지 않는 이별의 삼일장이 피곤했고, 무사히 이 일을 끝내야 한다는 생각에 몸과 마음이 고단했을 뿐입니다.

그렇게 엄마를 떠나보냈습니다. 맘껏 울고 난 뒤 떠나보내주어야
함에도 전혀 그러지 못했습니다. 그때 울지 못하고 애통함을 털지 못
하고 미련이 남아서, 엄마가 떠나고 십 년, 십 년을 그리워하고 그리
워했나 봅니다.

할매가 건강하게 오래 살다가 남은 자식 힘들지 않게 떠났다고 호
상이라 그럽니다. 그러면 할매는 호상이지요. 사는 동안 행복했고 떠
날 때는 외롭지 않다면 그야말로 호상 아닐까요. 그것은 남은 가족의
마음에서 알 수 있습니다.

그렇게 보면 내 엄마는 사는 동안 많이 외로웠습니다. 떠날 때도 많
이 외로웠겠습니다. 엄마가 떠나는 길을 외롭게 배웅했습니다.

아미타우스 가는 길

일하지 않는 쉬는 날이나 국경일에는 평소보다 일찍 눈이 뜨입니다. 침대에 누운 채로 게으른 팔을 늘여 커튼을 젖히고 고개를 빼꼼 들어 창밖으로 하늘을 올려다봅니다.

해는 중천에 떴고 밖은 환합니다. 하늘은 높고 푸른 것이, 구름은 맑게 떠 있는 것이, 아침 바람이 코끝에 와닿아 개운합니다. 이런 날은 영락없이 외출하라는 하늘의 신호입니다. 이불을 돌돌 말고 침대에서 나올 생각 없이 뭉그적거리다가 더는 안되겠다 싶어 이불을 걷어차고 일단 안방에서 나옵니다.

냉장고에서 모양 좋은 큼지막한 사과 하나, 지난봄에 담가둔 복분

자 한 병, 간식 통에 있는 맛동산과 새우깡 한 봉지, 꺼낸 먹을거리를 가방에 넣고 자는 가족들을 호출합니다.

"만불사 가자!"

그냥 놀러 가자, 여행 가자, 하면 가기 싫은 표정을 지을 테지만 만불사라고 하니 싫은 표정은 짓지 못합니다. 잠이 덜 깬 채로 끌려 나온 아이들은 비몽사몽으로 투정도 부리고 장난도 칩니다. 그러나 얼마 못 가 서로 머리를 맞대고 다시 잠이 들었습니다.

바깥 공기는 차갑지만, 햇살은 여느 때보다 따사롭습니다. 하늘을 올려다보니 눈이 부셔 자연의 경이로움 앞에 눈싸움을 지고 맙니다. 맑게 갠 아침 하늘은 허리를 펴고 절로 고개를 숙이게 합니다.

참새가 방앗간을 그냥 지나칠 리 없지요. 고속도로를 달려 처음 맞이한 금강휴게소에 들릅니다. 순두부 찌개와 우동 하나씩 주문하고 음식 나오기를 기다리는 동안 간식거리와 음료수를 삽니다. 평소보다 아침을 두 배는 먹은 듯합니다.

가는 동안 휴게소에서 샀던 간식거리를 주섬주섬 집어 먹느라 손과 입은 쉬지 않고 움직입니다. 라디오에서 나오는 노랫말이 주옥같이 들립니다. 경북 영천 만불사에 도착했습니다. 두어 시간 조금 넘게 걸렸지만 지루하지 않은 시간입니다.

만불사 아미타우스의 원대한 원력은 몇십 년을 생각한 터라, 올 때마다 풍경이 변해 있고 길가엔 흙먼지로 가득한 공사장 같습니다. 그나마 최근 도로포장도 완성되어 있고 헤우스와 공양간도 모습을 갖추었고, 대웅전도 기도하기 편해졌습니다.

절에 가면 삼미(三味)를 누린다고 합니다. 잘 가꾸어진 도량을 보는 것으로 눈이 즐겁고, 스님 법문을 듣고 깨달음을 얻으니 귀가 즐겁고, 소박한 점심 공양으로 입이 즐겁습니다. 모두 즐겁습니다. 나는 이런 삼미를 절에 도착하기도 전에, 아미타우스 가는 길에 먼저 경험합니다. 고속도로를 달리며 녹음 짙은 산과 꽃들로 가득한 풍경이 눈을 즐겁게 합니다. 라디오에서 나오는 음악이나 핸드폰으로 듣는 찬불가로 귀가 즐겁습니다. 휴게소에 들러 먹는 아침밥과 주전부리로 입이 즐거움은 백미백락(百味百樂) 이상입니다.

여느 여행자처럼, 여느 수행자처럼, 길에서 얻는 행복이, 아미타우스 길로 가는 즐거움이, 오늘 아침에 누릴 수 있는 호사였습니다.

엄마가 있잖아

"그게 다야?"

큰애가 저녁 먹고 제 방에 들어가서는 학교 숙제라며 책상에 앉아 몇 시간째 머리를 싸매고 끙끙거립니다. 나름 시나리오라고 끄적거리는가 본데, 애꿎은 종이만 여러 장 구겨서 바닥에 던집니다. 그냥 공부나 하지, 잔소리하려는데, 큰애가 결과물이라고 내 앞에 종이를 내밉니다. 자랑하며 보여주는 아들에게 칭찬은 못 할망정 기껏 한다는 말이 참 못됐습니다.

"그걸로 되겠어?"

큰애는 오늘 온종일 안되는 이야기를 이리 꾸미고 저리 꾸미며 진을 뺐습니다. 읽어보니 얼토당토않은 이야기를 쓰느라 이런 고생을 했나 싶은 게, 안타까워서 한 소리였습니다. 큰애는 고래를 갸우뚱거리며 풀이 죽어갑니다. 그러더니 다시 방에서 나와 이번에는 됐다, 신이 나서 큰 소리로 읽어 내려갑니다. 이번에도 내 마음에 들지 않아 웃기는커녕 정색하며 비수를 꽂아 한마디 붙입니다.

"그래서 될 것 같아?"

아들이 질 줄 알면서도, 안될 것을 알면서도, 그런데도 꼭 한 번 해보고 싶다는 것에 나는 격려해주지 못했습니다. 한 번 지켜봐줄 것이지 그렇지 않았습니다. 지난 시절 나는 무모했지만 패기 있게 도전했습니다. 하지만 내 아이의 무모해 보이는 도전은 허락하지 않았습니다. 자라나는 아이의 장래를 밝게 보아야 할 내가 안정과 평화를 우선으로 보았고, 내 아이는 상처 없이 기죽지 말고 살아야 한다는 부모로서의 이기심을 앞세웠습니다.

> 딸, 해봐.
> 실패해도 돼.
> 하고 싶은 대로 해.
> 엄마가 있잖아.

엄마는 항상 나에게 그랬습니다. 나를 믿고 나를 응원해주었습니다. 잠시 잊고 있었네요. 내가 이나마 밥벌이하고 사는 것도 엄마 믿음 덕분이었다는 것을.

멋쩍어하는 아들에게 슬며시 웃으며 말합니다.
"아들, 한번 해봐. 까짓것. 아니다 싶으면 다시 하지 뭐."

時節因緣

　이른 오후, 집으로 가던 길이었습니다. 혼자서 운전하다가 하늘을 쳐다보려 고개를 위로 올렸는데 녹색 이정표가 눈에 박혔습니다. 신호등 앞에서 운전대를 오른쪽으로 꺾어 일 차선 도로를 진입하자마자 다시 오른쪽으로 운전대를 돌렸습니다. 이삼 분 차로 가파른 길을 올라가니 바로 사찰 입구가 보였습니다. 눈이 내리고 날씨가 추우면 바닥이 미끄럽겠다, 그러면 절에 올라가기 쉽지 않겠다, 생각하고 올라갔습니다.

　사찰 앞은 일주문도 담장도 딱히 모양을 갖춘 것은 아니고 쇠창살 같은 것이 절 문을 대신했습니다. 고즈넉한 분위기는 아니겠다 싶으면서도, 도심에 사찰이 있다는 것만으로도 호기심이 생겼고, 기대 없이 들른 이 작은 사찰이 마음에 들었습니다. 일주문을 지나고 앞마당을 돌아 법당에 들어섰습니다.

겨울 법당 안이 몹시도 추웠지만 나는 떨지 않았습니다. 밖은 겨울답게 추운데, 내 마음엔 서리가 내렸는데, 아무도 없는 이 법당이 왜 그리도 따스했는지. 모르겠습니다. 부처님은 아무 말 없이 나를 보고 계셨고, 나도 부처님께 삼배하고는 부처님 얼굴을 마주하고 가만히 앉아만 있었습니다.

"동짓날 팥죽 먹으러 오세요."
지나가던 보살님이 인사치레로 한마디 건넸습니다.
"네."
그냥 가기 멋쩍어 대답했습니다.

며칠 뒤 동짓날, 혼자 또다시 그곳에 들었습니다. 법당 안에 줄 맞추어 놓인 좌복 중 하나를 차지하고 앉았습니다. 스님의 법문을 들었고, 백팔배를 하고 땀 흘리며, 눈가에 눈물이 맺히다 흘렀습니다. 웃었습니다. 공양간으로 내려가니 공양주 보살님이 건넨 팥죽 한 그릇이 내 찬 마음을 가만히 녹여주었습니다. 동치미 한 사발이 내 막혀 있던 속을 쓸어내주었습니다.

누가 부른 것도 떠민 것도 아니었습니다. 그냥 이곳에 제 마음을 놓앞습니다. 엄마 없이 차갑게 지낸 세월이 따스해졌습니다. 오라는 손길 한번 얻지 못했습니다. 가라는 눈길 한번 주지 않았습니다. 누구하나 나에게 관심 없던, 그런 보통의 날이었습니다. 홀린 듯 이끄는 대로 발길을 따랐습니다. 설레듯 이끌리는 대로 발길을 옮겼습니다. 돌아보니 내 발길은 저 멀리서 시작되었고 흔적은 어디에도 없이 유유히 흘러들어와 어느새 이곳에 있습니다.

　내가 그대를 만난 것은 인연입니다. 참 인연입니다. 나는 그대 안에서 우는 법을 배웠고, 눈물 닦는 법도 배웠습니다. 울 일 많은 나는 그렇게 울며불며 살았는데, 그대를 만나 제대로 울어보았습니다. 울다지쳐 넋을 잃었을 나인데, 순간 그 울음의 끝을 만났습니다.

나를 위해 울어준 울음이 어느 순간이었는데, 이제는 남을 위해 흘린 눈물이 되었습니다. 한탄과 설움의 눈물투성이이던 내 얼굴은, 어느덧 화희와 간동의 웃음 띤 얼굴로 변했습니다. 한없이 짜던 내 눈물이, 감사하게도 달콤하기까지 합니다.

이제 이 눈물을 어떻게 흘려야 할지, 어떻게 닦아야 할지 알게 되었습니다. 그대와 나 그때의 인연이 두터워져 지금의 나를 만들었습니다. 시절인연이라 하겠습니다. 그대는 보잘것없는 나를 이쁘다 이쁘다 해주었습니다. 실수도 실패도 가엾이 여겨 쓰다듬어주었습니다. 보잘것없던 나는 그대 눈에 예쁜 사람이고 이제 나는 예쁜 사람이 되었습니다.

엄마 없이 차갑게 지낸 세월이 따스해졌습니다.
오라는 손길 한번 얻지 못했습니다.
가라는 눈길 한번 주지 않았습니다.
누구 하나 나에게 관심 없던, 그런 보통의 날이었습니다.

**이제 이 눈물을 어떻게 흘려야 할지,
어떻게 닦아야 할지 알게 되었습니다.**

김장

이년 째 김장을 하지 않았습니다. 많이 먹지도 않는 김장 번잡스럽게 뭐 하러 하냐, 이것이 김장을 하지 않은 이유였습니다. 김장하는 날이 싫어서도 아니고, 김장하는 게 어려워서도 아니고, 김장을 못 하는 것도 아니고, 아무튼, 김장하는 게 귀찮아졌습니다. 김장 김치가 없으니, 조금씩 겉절이하고, 이웃에게 얻어먹고, 마트에서 사 먹고 그렇게 버티었습니다. 식당에서 외식할 때 맛있는 김치가 나오면 주문한 요리보다 김치를 더 많이 먹었습니다.

올해는 동생네가 김장 좀 하자 합니다. 김장을 안 하니까 편해서 좋긴 한데, 그때그때 구해 먹으면 되니 불편하지 않았는데, 막상 찌개 끓일 때 묵은지가 없으니 아쉽기는 했습니다. 못할 이유가 없으니 까짓것 하자 했습니다.

전날 김칫소 재료를 사서 씻고, 양념을 빻고, 배추를 네 토막 내어 소금물에 절였다가 건져서 소쿠리에 쌓아두었습니다. 오일장에 들러 새우젓과 만두, 갓과 미나리도 한 단씩 사고, 마트에 들러 돼지고기도 샀습니다. 살까 말까 고민하다가 정종도 한 병 계산대에 올렸습니다.

그렇게 나 혼자서 장도 보고, 김장할 준비도 해놓고, 동생네 오기를 기다렸습니다. 동생네가 오자 바닥에 큰 대야를 놓고 자른 배추 반 포기씩 주고 속을 채우라 했습니다. 여기저기 빨간 고춧물이 들어 에구 번잡스럽다, 이젠 내가 할게, 하고 급하게 마무리합니다. 혼자 하면 간단히 해치울 것을 괜스레 김장하는 거 보여준다고 수선을 피웠다 싶습니다. 후딱 정리하고 돼지고기 삶아 배추겉절이와 함께 내놓습니다. 동생은 김장 김치가 궁했던 게 아니라 삶은 돼지고기에 겉절이가 먹고 싶었나 봅니다. 사실 나도 김장이 중요한 게 아니라 동생네와 아이들 이렇게 한 끼 먹이고픈 마음이 더했습니다.

김장철이면 엄마는 혼자 김장을 합니다. 하루는 사 온 배추를 네 폭으로 잘라 소금물을 받은 대야에, 다음 날은 절인 배추를 엎은 대야 위에 쌓아놓습니다. 그다음 날은 김칫소를 넣습니다. 여느 집 김장이나 내 김장처럼 엄마 김장도 같은 순서입니다. 그런데 엄마는 김장하는 동안 누구도 부르지 않았습니다. 그냥 힘든데도 혼자 합니다. 마당장독에 김장 배추를 다 넣어두면 그제야 우리를 부릅니다.

"엄마 김장했어. 고기 삶아 먹자."

할매를 불러도 되는데 안 부릅니다. '누가 먹는다고 이렇게 많이 하냐, 소금에 너무 절였다, 배춧속이 이게 뭐냐' 잔소리가 뻔하니까. 엄마는 김장하는 날 딸이 둘이나 되는데도 도와달라고 하지 않습니다. 고생은 하는 사람만 한다, 는 말을 믿었습니다.

엄마는 해마다 혼자 그렇게 김장을 했습니다. 김장철을 앞두고 장독대를 씻어두고, 고추장 간장 담가두고 세상 떠난 남편이었다고 하는데 엄마는 그런 남편이 그리워서일까요, 괘씸해서였을까요. 김장하는 날은, 김장철 앞두고 떠난 남편이 괘씸해서 나 혼자 이렇게 힘들게 산다고 보여주려는 것 같습니다. 그래서 혼자 김장하는가 봅니다.

제삿날 2

"나만 혼자 힘들게 남겨두고···. 나더러 어찌 살라고···. 이렇게 힘들
게 살게 내버려 두는 네 아버지 제삿날 뭐 좋을 게 있다고···."

엄마는 제사장 봐 온 것들을 바닥에 내려놓으며 매년 같은 푸념을
늘어놓습니다. 초등학교 5학년이었던 나는 부엌에서 엄마가 시장 봐
온 것 중에서 빠진 게 없는지 살피며, 넋두리하는 엄마 눈치도 살핍
니다.

"네 아버지 제사는 네가 차려."

말은 그렇게 해놓고도 엄마 마음이 편할 리 없겠지요. 방으로 들어
갔다가 바로 나와 내 주변을 서성거리며, "아버지가 손이 야무져

서…" 내 기억에도 없는 아버지 험담으로 시작해 칭찬으로 마무리합니다. 내가 아버지 닮아 손이 야무지다며 이번 제사상에는 꼬치를 올리자고 합니다. 햄이랑 버섯이랑 쪽파 한 다발을 부엌 마낙에 펼쳐놓고는 구석에 걸터앉습니다. 파를 다듬던 엄마는 눈물 콧물을 훌쩍입니다. 엄마 눈물은 파처럼 매운 세상에서 과부로 산 서러움이 폭발한 것이지요.

죽은 사위도 사위라고 제삿날을 기억하고 온 할매는 담배 한 개비에 불을 붙여 제사상 끄트머리에 올립니다. 엄마는 그런 것을 누가 제사상에 올리냐며 핀잔을 주지만, 또 담배를 거두지는 않습니다.

"평소 좋아하는 술이나 먹고, 야 어매 좀 살게 도와주시게나."
술 한잔 따르는 할매 옆에서, 엄마 눈시울은 빨개지고 엄마 손은 애먼 옷자락만 만지작거립니다.

나에게 아버지 제삿날은 추억할 것이 없는, 음식 하는 날입니다. 엄마에게 남편 제삿날은 어린 딸을 붙들고 신세 한탄하는 날입니다. 할매에게 사위 제삿날은 과부가 된 젊은 딸 앞에서 소리 내 우는 날입니다.

엄마 제삿날은 아버지 제사 이틀 후입니다. 몇 해 전부터 아버지 기일에 맞추어 부모님 제사상을 한날에 차립니다. 상에 올라가는 과일

이며 떡이며 전이며 준비하는 게 몸 고생할 일은 아니지만, 혼자 음식
을 준비하며 밀려드는 서글픔이 싫어서 하루만 맘 아파하려고 한날에
제사를 지냅니다.

이승에서 함께 산 부부 연이 짧아서 얼마나 애잔할까 싶지만, 제사
상에 올릴 사진 하나 마땅치 않아 나란히 찍은 결혼사진이 영정이다
보니, 상 차린 사람도 절하는 사람도 짠하기는 매한가지입니다.

땅

"이 대궐 같은 집에 살아도 마음 둘 데가 없다."

엄마와 살면서 물질적으로 가난하지는 않았습니다. 학교에서도 동네에서도 없는 티 안 내려고 엄마는 좋은 옷 입히고 좋은 가방에 학용품도 최고로 사주었습니다. 넓은 집에서 사는 나를 친구들이 부러워했습니다. 그러나 큰 집에 살면서도 엄마 없이 보내는 시간이 많았습니다. 그래서 내 유년기와 청소년기는 허전함과 그리움이 깃든 가난한 시절이었습니다. 애들만 덩그러니 사는 집, 남편 없는 집이어서였을까요? 엄마도 가끔 그랬지요.

바쁜 엄마였지만 시간이 날 때면 나와 절에 갔습니다. 정해진 절에 가기보다는 주말에는 관광버스를 타고 절에도 다니고, 부처님 오신 날엔 이름도 모르는 작은 절에도 가고, 가끔은 동네에서 가까운 절도 갔습니다. 그러다가 언젠가 경북에 있는 만불사에 여러 차례 다녀온 적이 있습니다. 그때 엄마는 부처님이 누인 와불(臥佛) 바라보며 말하곤 했습니다.

"나 죽으면 여기 극락 도량에 묻어."

"알겠어. 여기서 제일 좋은 데 찜해둘게."

엄마가 세상 떠나고 한 해가 지날 즈음, 추모공원에 있던 엄마와 선산에 있던 아버지를 이곳에 한데 모셨습니다. 지금 내가 사는 곳에서 엄마가 있는 절까지는 차로 세 시간은 걸립니다. 이렇게 멀면 자주 못 오는데 걱정했지만, 보고 싶은 마음은 천 리도 문제가 되지 않았지요. 결혼해서 몇 해도 못 살고 각각 떨어져 살던 부부는 저세상에서 다시 만났네요. 살아온 시간보다 헤어져 있던 시간이 더 많았습니다. 엄마는 소원대로 원하는 곳에 자리를 잡았고 덕분에 아버지도 양지바른 곳에 옮겼습니다. 부부가 사십 년이 지나서 다시 만나니 그 감회가 어떨지는 잘 모르겠습니다. 아무쪼록 반가워했으면 하는 바람입니다.

"나 죽으면 여가 내 묻힐 곳이제? 땅이라 억수로 추불 낀데. 어두버서 무습을 낀데. 그래도 태우는 것보다야 낫제. 난 너무 뜨거운 건 싫다. 여기가 죽으면 내 집인기라."

할매는 먼저 간 자식이 눈에 아른거려 아침에 눈 뜨면 나도 이제는 가야지 하면서도, 손주들 재롱 더 보고 싶어, 이 세상에 좀 더 머물고 싶어, 쓴웃음으로 당신의 못자리를 보듬으셨습니다. 그렇게 한스러운 세월을 한숨으로 살다 보니 이제야 느지막이 웃을 일 많은 할매입니다. 죽기 전에는 손주들에 증손주까지 보며 반평생 웃으며 살았습니다. 웃는 듯 우는 듯한 표정으로 살았던 할매를 보며 엄마 얼굴이 떠올랐습니다. 엄마, 조금만 더 살아주지. 울 일 많아도 살다 보니 이렇게 웃을 일이 많은 것을. 힘들다 해도 저승보다 이승이 나은 것을.

엄마는 이승에서 사는 게 많이 힘들었나 봅니다. 엄마는 빨리 쉬고 싶어 그렇게 일찍 떠났나 봅니다.

'엄마. 엄마가 평생소원이던 그 작은 집에서는 극락왕생해.'

엄마 밥상

엄마는 새벽에 밥상을 차려놓고 밥통에 쌀을 씻어 취사 버튼을 누르고 일하러 갑니다. 츄~~~ 전기밥솥에서 김빠지는 소리가 나고, 취사 버튼이 보온 쪽으로 옮겨지는 소리가 들리면 나는 일어납니다. 차린 밥상이라야 뚜껑 있는 스테인리스 찬합에 김치와 멸치볶음. 그리고 국정도였지요.

매일 국이나 찌개를 할 여력이 없던 엄마는 보통 일주일 단위로 국을 바꾸었습니다. 보통은 곰국과 미역국을, 간간이 김칫국이나 오징어 국도 끓였습니다. 아침 밥상에 앉습니다. 시간이 지나 미지근한 국에 따뜻한 밥을 말아 몇 순가락 뜬 후에는 물 마시듯 후루룩 넘깁니다. 매일 같은 국을 먹으니 물리기는 하고 밥은 먹어야겠고 그러니 그냥 국에 밥을 말아 후루룩 마시는 겁니다.

엄마는 시장에 가면 깨끗하고 좋은 재료보다는 일단 싸고 양이 많은 것을 고릅니다. 그런 재료를 사서 음식을 하니 맛이 없나 생각했습니다. 그런데 재료보다는 음식을 할 시간이 없으니 매번 같은 음식을 먹어서 물렸던 겁니다. 엄마 요리는 맛보다는 빠름이 생명입니다. 영양소를 생각하고, 맛있게 예쁘게 요리하는 게 아니라, 상하지 않을 정도로 많이 빨리 요리하는 게 엄마 요리입니다.

맛도 모양도 그저 그랬던 엄마 요리였지만 그래도 내 엄마표 요리가 두 개 있습니다. 딱히 맛이 있고 없고가 아니라, 이건 내 엄마만 해줄 수 있는 음식입니다. 생일이나 몸살이 든 날에는 쌀뜨물에 푹 끓여낸 엄마 미역국이 먹고 싶습니다. 오늘처럼 비가 추적추적 내리는 날이면 엄마가 뚝딱하고 차려낸 비빔국수가 그립습니다.

엄마는 생일 전날 밤, 쌀 씻은 물을 몇 차례 버리고 세 번째 씻은 물을 냄비에 담아둡니다. 시장에서 사 온 조개를 소금에 몇 번 박박 문

지르고 씻어 헹구어 물기를 빼둡니다. 대충 씻어낸 자르지 않은 미역을 미지근한 물에 담가 불립니다. 깨끗하게 자른 미역을 쓰지 않고 꼭 긴 기장 미역을 씁니다. 밑그물 반안 냄비에 조개와 미역을 넣어 조선간장 한 숟가락 넣고 푹 끓입니다. 부르르, 냄비에 넘칠 듯 거품을 내며 끓고 나면, 약한 불에 한 번 더 끓이고 불을 끕니다. 들기름 두어 방울 톡 떨어뜨리면 끝입니다.

고기도 안 들어갔는데 이상하게 국물도 진하고 고소하지요. 처음에 미역국을 끓일 때는 갈치를 넣었습니다. 비린내도 나고 국에 갈치살이 흩어져서 보기 좋지 않다며 이후엔 조갯살을 넣었지요. 엄마는 생일상에 큰 의미를 두는 것 같았습니다. 생일 미역국만큼은 잘 끓여보려고 한 정성이 보입니다. 엄마 미역국 한 사발은 보약이고 힘이었습니다.

겨울에 담갔던 김장 김치는 찌개로만 먹고 여름에는 열무김치를 담가 먹었습니다. 세상에서 열무김치를 이렇게 빨리 담그는 사람은 우리 엄마뿐인 것 같습니다. 더욱이 열무김치를 담그면 꼭 비빔국수가 생깁니다. 열무국수 양념을 하려면 다른 집은 찹쌀풀을 씁니다. 엄마는 국수 끓인 전분기가 있는 그 물을 찹쌀풀 대신 사용합니다. 건져 낸 국수에는 양념장을 넣어 비벼 내니 비빔국수가 됩니다. 참기름과 참깨가 그득 올라간 비빔국수 한 젓가락에 방금 한 열무국수나 겉절이를 올려 먹으면 안 맛있을 수가 없습니다. 그렇게 열무김치 담그는 날은 국수 먹는 날이었습니다.

"엄마, 우리 점심 뭐 먹어?"
"뭐 먹을까?"
딸애는 아침을 먹고 소파에 앉으며 점심 메뉴를 묻습니다. 오늘은 아파트 장이 서는 날입니다. 얼갈이배추 한 포기, 부추 한 줌을 사 옵니다. 국수 끓인 물은 대야에 식혀서 양념장 만들고 그것으로 겉절이를 한 접시 무쳐둡니다. 삶은 국수는 건져 체에 옮겨 물기를 뺍니다.
한 그릇은 만능양념장을, 다른 한 그릇은 간장과 참기름을 넣고 손으
로 쓱쓱 비비면 끝입니다. 깨소금으로 고명 올리두 하고 두 그릇을 식
탁에 놓습니다. 딸애가 간장과 참기름에 비빈 국수를 한 젓가락 뜨면
나는 그 위에 방금 담근 싱싱한 겉절이를 올립니다. 딸애는 맵다 맵
다, 하면서도 맛있어 맛있어, 하고 비빔국수 한 그릇을 뚝딱합니다.

믿음으로 키웁니다

오늘은 아들 학교에서 예술제가 열립니다. 반 아이들과 함께 꾸미는 연극 무대에서 아들이 주인공이랍니다. 한 달 전부터 대사를 고치고 외우고, 다시 고치고 외우고, 뭐 하나 제대로 할까 어리게만 봐오던 아들이 그렇게 열정적일 수가 없습니다. 방에서 새어 나오는 소리를 들으면 목소리에 감정이 실려 제법 연극 좀 한다는 느낌이 듭니다. 내가 슬쩍 방에 들어가 한번 보자고 하면, 아들은 연습을 멈추고 "보면 안 돼요. 연습 끝났어요!" 합니다. 엄마 앞이라 부끄러운가 싶어서 "그래, 무대에서 볼게" 합니다. 대사 외운 것을 확인하고 소품에 쓸 벨트와 하얀 수염까지 챙깁니다.

기대와 설렘 반 거기에 걱정 반이 더해진 나는, 작은 꽃다발을 준비해 학교 강당으로 갔습니다. 몇몇 엄마들은 내 아들이 주인공이라며 부러움과 자랑스러움이 섞인 칭찬을 건넵니다. 티 나는 겸손함이 배인 표정으로 인사를 하고, 함께 관람석에 앉습니다.

무대 위를 오가는 수많은 아이 가운데 내 눈에는 내 아들만 보입니다. 그럴 것이 주인공이라고 의상에 힘을 준 덕분이지요. 이유야 어떻든 아들 자랑은 팔불출이라는데 그래도 어쩔 수 없습니다. 아들의 손짓과 발짓 눈길 하나하나에 입가는 미소가 번집니다. 동시에, 대사를 까먹으면 어쩌나, 당황해서 쭈뼛거리지는 않을까, 괜스레 주인공이라고 너무 나서다가 웃음거리가 되지 않을까, 이런저런 걱정을 합니다. 입방정이 문제였던가요. 이를 어쩌면 좋을까요. 무대 위를 뛰어다니듯 빛을 발하던 아들이 갑자기 대사를 까먹고 머리를 긁적입니다. 아들의 멋쩍은 표정으로 관객이 웃는 만큼 내 속은 타들어갑니다. 다행히 애드리브로 위기를 모면하고 그 덕에 더 많은 박수와 호응을 얻었습니다. 나도 더 크게 온 힘을 다해 아들에게 용기의 박수를 전했습니다.

공연이 끝나고 아들은 아이들과 함께 무대에서 내려옵니다. 아들은 나를 보자, 실수한 것이 부끄러웠는지, 아쉬웠는지, 변명하듯 먼저 말을 합니다.

"어제 리허설 때는 진짜 잘했는데….'

"무대에 서니까 떨렸어?"

"아니. 그런 건 아닌데…. 객석에 엄마가 딱 보이더라고….'

이유인즉, 대사를 주고받다가 관객석을 둘러보았답니다. 그만큼 여유가 있었다고. 그런데, 엄마가 저를 보는 그 눈빛이 울 아들 실수 하나 안 하나, 두 눈 뜨고 지켜보고 있더라는 겁니다. 그래서 순간 실수하면 어쩌지 했는데, 바로 입이 얼어버렸다는 겁니다. 아들에게 미안했습니다. '우리 아들 잘할 거야!'라는 믿음보다는 '실수하면 어쩌지?'하는 걱정스러운 눈빛이 아들의 마음에 먼저 다가간 것이지요.

내 엄마는 항상 나를 믿어주었습니다. 내 말에 의심 한 번 안 하고 무조건 격려해주었습니다. 내가 무엇을 선택하고 행동하고 결과가 어떻든 무조건 잘했다 칭찬해주었습니다. 내가 무엇을 하든 엄마는 이렇게 말했습니다.

"그래? 괜찮아. 걱정하지 말고 해봐! 내가 믿지, 우리 딸."

'괜찮아', '우리 딸 믿지'. 엄마 시그니처인 이 말이면 나는 없던 자신감도 생겨납니다. 엄마는 그렇게 나를 항상 믿어주었습니다. 한 치의 의심도 하지 않고 말이지요. 그래서 나는 열심히 살았는지 모릅니다. 엄마의 믿음에 배신하지 않으려고 말이지요. 이제 아들 앞에서든 뒤에서든 보일 때나 보이지 않을 때나 무조건 믿겠습니다. 믿기지 않더라도 아들이니 믿어보겠습니다.

엄마는 항상 나를 믿어주었습니다.
내 말에 의심 한 번 안 하고 무조건 격려해주었습니다.
'괜찮아', '우리 딸 믿지'. 엄마 시그니처인 이 말이면
나는 없던 자신감도 생겨납니다.

이제 아들 앞에서든 뒤에서든
보일 때나 보이지 않을 때나 무조건 믿겠습니다.

**믿기지 않더라도
아들이니 믿어보겠습니다.**

엄마와 산

　엄마는 여기저기 후딱후딱 참 잘 돌아다닙니다. 점심 먹고 잠깐 나
갔다가 올게, 하고는 버스 타고 역전 시장에 가서 찬거리를 사 옵니
다. 부산에 가려면 기차로 네 시간은 꼬박 걸리는 거리인데도 좌석이
없으면 입석이라도 끊어 다녀옵니다. 엄마 친구 중에는 비행기 타본
사람이 몇 안되던 시절인데도 엄마는 비행기 타고 해외여행도 곧잘
다녀왔습니다. 영어도 모르고 아는 사람 없는 머나먼 땅을 밟는 것도
엄마에게는 쉬워 보입니다. 엄마는 머물기도 잘하고 떠나기도 쉽게
하고 돌아오는 것도 수월해 보입니다. 사실 그런 면에서는 나도 엄마

를 닮았습니다. 흔히들 역마살이 들었다고 합니다. 나는 꿈이 디지털 유목민이 되는 것입니다. 역마살이 그런 거라면 나는 역마살 있는 유목민, 그런 건가 봅니다.

부산 광안리와 해운대는 엄마에게 익숙한, 그래서 나도 낯설지 않은 곳입니다. 해동 용궁사는 엄마와 내가 천륜이라는 끈으로 묶여 있다는 전설의 주인공을 만들었던 바다가 있는 절입니다. 대천 앞바다나 변산반도도 기억에 선명합니다. 무주 구천동이라는 계곡도 몇 번 갔는데 찍은 사진은 없지만, 내가 가지고 있는 풍경 중 하나입니다.

엄마와 이곳저곳을 다녔지만, 산에 간 기억은 거의 없습니다. 엄마는 체중이 많이 나갔고 비탈길을 조금만 걸어도 숨이 차고 식은땀을 흘립니다. 다른 데는 돈을 아끼면서도 절에 갈 때는 산 중턱까지 택시를 타고 갑니다. 관광버스를 타고 놀러 갈 때도 기사 아저씨한테 사찰

입구에서 가장 가까운 곳에 차를 세워달라고 합니다. 조금이라도 덜 걷겠다는 것이지요. 돌아다니는 것을 좋아했지만, 걷는 것, 특히 걸어 올라가는 것은 좋아하지 않았습니다.

엄마와 내가 막내 외삼촌 집에 갈 때는 항상 실랑이를 펼칩니다. 막내 외삼촌 집에 가려면 냇가를 두 번 건너고 암벽을 타야 합니다. 버스를 타고 가도 되지만 그러려면 버스를 기다리고 갈아타야 하니 오히려 험하지 않은 낮은 암벽을 타고 냇가를 건너는 것이 더 빠릅니다. 그런데 엄마는 냇가까지 잘 가다가 산중턱만 오면 힘들다, 돌아가자, 합니다. 사실 나도 다리 힘이 풀린 지 오래지만 절대 내색을 하지는 않습니다. 그랬다가는 엄마는 내 핑계로 내려가자 할 게 뻔하니까요.

나는 막내 외삼촌을 좋아하고 그 집에 가는 것을 좋아합니다. 그러니까 참고 갑니다. 엄마가 힘들다고 여기서 돌아 집으로 가면, 언제 또 막내 외삼촌 집에 갈지 알 수 없습니다. 나는 하나도 안 지친 척하고는 다시 힘을 내어 일어납니다. 무릎을 툭툭 쳐내며 양팔을 흔들고 빠른 걸음으로 걷습니다.

축 처진 엄마 어깨를 들썩이고 팔을 잡아당깁니다. 엄마 뒤에서 내 머리는 엄마 등에 맞대고, 내 손은 엄마 허리를 받치고, 마치 소싸움하듯 밀어냅니다. 그래도 안되면 다시 엄마 앞으로 와서 옷자락을 당깁니다. 그러면 엄마는 못 이기는 척하고 내가 미는 머리에 힘을 받고, 내 손에 이끌려 터벅터벅 걷습니다.

엄마는 아이 달래듯 해야 합니다. 엄마보고 대장부다, 억세다, 하는 내 말만 그럽니다. 의지할 데 없는 엄마는 살아야 하니까 그렇게 보인 것입니다. 어디가 아프다, 뭐가 좋다, 이거 해달라, 요구도 많고 투정도 시샘도 많습니다. 나 말고 누구에게 이렇게 할 수 있었을까요. 나한테라도 할 수 있으니 그나마 다행이었지 싶네요. 그 덕에 나는 어려서부터 애늙은이 소리를 들었습니다. 나에게 투정 부리는 아이 같은 엄마가 좋습니다. 엄마도 엄마 같은 내가 좋다고 했습니다. 그러면 된 거지요.

앞장서보니 알겠습니다. 앞장선다는 것은 책임져야 하고, 용기 내야 하고, 생각해야 하고, 그래서 해야 할 일이 많은 것입니다. 이 버거운 많은 것을 엄마는 혼자 앞장서 세상과 부딪혔습니다. 그게 참 무서웠겠는데, 힘들었을 텐데, 나에게 티도 못 내고 잘 버티며 살았습니다. 그래서 엄마는 외삼촌 집에 갈 때, 산을 오를 때, 그때라도 나에게 투정 부렸나 봅니다.

나보다 덩치가 큰 엄마 뒤를 따르던 그때는 몰랐습니다. 엄마가 내 앞에 서는 것은 내가 앞을 헤치고 나아갈 테니, 너는 내 등 뒤에서 편히 오라는 신호였다는 것을. 아니면 정말 힘들고 지쳐서 가끔은 기대고 투정 부리고 싶었다는 것을. 그게 뭐였어도 나는 다 좋습니다. 그때만이라도 나는 엄마에게 엄마의 엄마가 되어주었으니까요.

통 크다

　오늘은 딸내미가 유치원에 가기 싫은가 봅니다. 발가락만 꼼지락꼼
지락하고는 영 이불 밖으로 나올 기미가 안 보입니다. 아침밥도 먹는
둥 마는 둥 합니다. 현관 앞에서 신발을 신는데 한나절입니다. 한참을
서성이더니 결국 애먼 현관문만 발로 걷어찹니다. 아들내미 딸내미를
보내야 내가 오전 시간에 청소도 하고 일도 보고 오후 출근을 할 수
있습니다. 그걸 아는 딸내미가 지금 내 속을 긁고 있습니다.

　"어떻게 하면 우리 딸이 유치원에 가실까?"
　"케이크 먹고 싶어!"
　"그럼 케이크 한 조각 먹고 유치원 갈까?"
　"응!"

　케이크 소리에 딸은 언제 그랬냐는 듯 구겼던 운동화를 재빨리 펴서 신습니다. 현관문을 힘차게 열고 밖으로 나갑니다. 소풍 가는 아이처럼 발걸음이 가볍고 경쾌합니다.

　빵집에 도착합니다. 빵집 진열장을 한참 쳐다보던 딸내미 마음이 바뀝니다. 케이크 한 조각만 먹는다더니 손가락은 케이크 진열장에 놓인 케이크 한 판을 가리킵니다.

　"나, 이거 다 먹으면 안 돼?"
　"엄마랑 둘이?"
　"아니. 혼자서!"

　그래 까짓것 먹어라. 케이크 하나를 계산합니다. 케이크 상자 그대로 테이블 위에 올려놓습니다. 벌써 자리에 앉아 양손에 포크를 쥐고 있는 모습이 갈비라도 뜯을 기세입니다.

　밥을 먹을 때면 입이 짧아 잘 먹지 않는 나에게 할매는 말했습니다.
　"우리 선이는, 어릴 때 밥을 묵어도 꼭 양손에 숟가락을 쥐고 밥을 묵는다 안카나."
　"엄마가? 엄마라면 그럴 수 있지."
　"와 니는 그리 안 묵나? 네 어매처럼 푹푹 좀 묵으라."

할매는 엄마 닮았으면 뭐든 잘 먹을 텐데 참 안 닮았다고 했습니다. 그런데 딸애가 내 엄마를 똑 닮았지요. 유전인가 봅니다. 시탐인지 놓이 큰 것인지, 딸 먹는 것이 임바와 똑 닮았습니다.

위로

"슬퍼하지 마, 극락에서 엄마가 친구 해줄 거야."

전화기를 놓고 나갔다 들어와 보니 부재중 전화가 세 통 와 있었습니다. 지방에 사는 대학 친구의 연락이었습니다. 부재중 전화를 확인은 했지만, 친구가 일하느라 바쁜 시간이라는 것을 알기에 바로 전화를 하지 못했습니다. 저녁에 친구 생각이 나서 전화를 했습니다.

친구가 전화를 받지 않습니다. 바쁜 일이 있는가 보다, 내 생각이 나서 안부 전화였겠지 생각하고 넘겼습니다. 그러다가 부재중 전화가 세 통이라는 게 마음에 걸리기 시작했습니다.

안부 전화라면 전화를 세 통씩이나 하진 않을 친구입니다. 자주 전

화도 문자도 하지 않습니다. 일 년에 한 번 만날까 합니다. 그러나 이
웃사촌보다 형제자매보다 속을 아는 그야말로 말하지 않아도 서로가
아는 찐 친구입니다. 전화번호 누르고 통화 버튼 눌러 받으면 "나야,
잘 지내지? 그냥 걸었지. 여름에 보자" 하고 전화를 끊습니다. 전화해
서 안 받으면 바쁜가 하고 마는 친구입니다. 그런 친구의 전화가 세
통이었으니, 혹시 무슨 일이 있나 걱정이 들어 잠이 오지 않습니다.
안부와 함께 별일 없는지 짧게 문자를 남깁니다. 밤에 문자를 보내고
하루가 꼬박 지났습니다. 전화가 온 것도, 전화를 받지 못한 것도, 문
자를 보낸 것도, 문자에 답장이 없는 것도 하루 동안 잊고 지냈습니
다. 그다음 날 저녁에 문자가 왔습니다.

아빠가 돌아가셨어. 삼일장 지내고 좀 전에 집에 들어왔어. 아빠가
너무 싫어서 죽을 때까지 안 볼 거라 했는데 우리 아빠 외롭게 살다가
외롭게 떠났네. 휴가 때 만나면 자세한 얘기해. 지금은 좀 쉬어야겠어.

아…. 그래서 내 전화기에 부재중이 세 통이나 와 있었고, 친구는 경
황이 없어 내 전화를 받지 못한 겁니다. 친구는 아버지와 친하지 않았
습니다. 서먹하고 싫어하기까지 했습니다. 그런 아버지가 돌아가셨
고, 가족과 장례를 치렀고, 그런 삼일은 몸도 마음도 바쁘고 아팠을
겁니다. 분명 바쁜 것보다 아팠을 겁니다. 그랬을 겁니다.

우리 사이에는 금기어 같은 것이 있었습니다. 아버지. 먼저랄 것도

없고 누구도 아버지를 꺼내지 않았습니다. 적극적이고 활달한 우리 둘은 비밀이 없었습니다. 언제나 고민을 들어주고 미래를 계획하는데 서슴없이 훈수를 두었습니다. 하지만 나는 아버지가 없으니 추억이 없어 얘기하지 않았고, 친구는 아버지가 싫어서 아버지라는 단어를 꺼내지 않았습니다.

친구 아버지의 부고 소식에 오죽하면 나에게 전화했을까 생각하니, 전화 한 통 받지 못한 나 자신이 얼마나 죄스럽던지요. 멀리 떨어져서 당장 달려가 위로할 수 없는 처지에 화가 났습니다. 어떻게든 위로해주고 싶었습니다. 가시는 길 외롭지 않게 잘 보내드리고 힘내라. 많이 아프지 말고 많이 울지 말고…. 이렇게 외치고 싶었습니다. 이 말이 뭐 어렵다고, 보물인 양 꺼내지 못하고, 위로랍시고 짧은 문자를 보냈습니다.

'슬퍼 마, 극락에서 우리 엄마가 친구 해줄 거야.'

그래서 나를 찾았나 봅니다. 내 엄마에게 아버지를 부탁해보려고 말이지요. 기다렸다는 듯이 내 문자에 바로 답장이 옵니다.

'응. 네 엄마가 도와줄 거 같아서. 아빠 돌아가셨다는데 네가 생각나서 전화한 거야. 아빠를 부탁해.'

채석강 최사장

"이렇게 일찍 갈 걸 알고 그렇게 열심히 살았나 보다. 일찍 간 게 아깝긴 해도 네 엄마는 덜 억울할 거야. 세상 어떤 여자가 그렇게 하고 싶은 거 다 하고 사냐? 세상 안 해본 거 없이 다 했잖아. 하다 하다 돌멩이도 모았잖아."

엄마를 보내고 가엾을 나를 가끔 불러내 밥도 챙겨주고 내 안부를 묻는 엄마 친구가 있습니다. 그분에게 들은 엄마에 대한 최고의 찬사이자 최고의 악평입니다.

엄마 취미 중 하나는 수석, 돌멩이 수집이었습니다. 강이며 바다며 길가에서 주운 돌도 잘 배치해 작품으로 만들고 그걸 전시해놓으면 사람들은 그것을 돈을 주고 사 갔습니다. 주로 돌을 수집하는 곳은 채석강(채석강은 전북 부안 변산반도 맨 끝에 있는 절벽입니다. 우리는 그때 변산이니 뭐기 않고 변산반도라 불렀습니다. 왠지 정글이나 오지를 탐험하는 기분을 낸다고 꼭 변산반도라 부르라 했어요.)이고, 온 비난 아이디어가 많아 에둘러 표현한 것은 최사장이니, 수석을 구경하러 왔던 지인이 명함 없는 엄마에게 '채석강 최사장'이라는 별명을 붙여준 겁니다.

어느 날 엄마는 텔레비전에서 뉴스를 봅니다. 주말 변산 앞바다는 최근 여행객들로 붐빈다는 소식이었습니다. 텔레비전 화면을 유심히 들여다보더니 바닷가에 있는 자갈에 시선을 멈춥니다.
"갑자기 가야 여행이지! 우리 바다에 갈까?"
"바다?"
"그래. 너 변산 안 가봤지? 내일 토요일이니까 학교 끝나고 출발해서 하루 자고 오는 거야."
"내일?"
"응. 준비할 것은 없고."

그렇게 떠난 것이 가족 여행이고, 주말여행이었습니다. 변산 앞바다 입구 주변 주차장에 봉고를 세워두고 바다로 향해 걸었습니다. 곧 엄마가 이곳에 온 이유가 극명해졌습니다. 여행 목적은 돌 채집. 바닷가 수영도 하지 않고 잠깐 바다 구경을 한 우리는 오후 내내 돌멩이만 주웠습니다.
"여행은 무슨. 우리를 또 부려먹는 거야. 안 그래요, 최여사?"

여기저기 모아둔 돌들을 끙끙대며 차에 옮겨 실었습니다. 날이 어두워지니 봉고차 뒤에 이불을 깔고 엄마 먼저 눕습니다. 구시렁대봐야 소용없음을 알고 일단 피곤한 몸을 눕힙니다. 그해 여름밤 우리는 찬이슬 맞으며 좁은 봉고차에서 엉겨붙어 잤습니다. 무거움과 추위만 남았던 변산반도. 그런데도 시간이 지나고 보니 엄마와 함께한 여행 중에 변산 앞바다가 최고입니다. 그날의 못된 추억이 나를 미소짓게 합니다.

다시 변산 앞바다입니다. 이제는 펜션과 호텔이 즐비한 이곳 변산 앞바다. 내 앞에는 파도와 싸울 기세로 힘껏 달음박질하는 두 아이가 있습니다. 신나 뛰어다니는 아이들. 먼 훗날 이날 이곳에서 엄마의 풍경을 추억하라고 나도 아이들을 데리고 이곳에 왔습니다. 아이들은 돌멩이를 주워 누가 더 멀리 보내나, 바다를 향해 힘껏 팔을 뻗어 돌을 던집니다. 판판한 돌을 골라 몸을 옆으로 누이며 물수제비뜨기도 합니다. 그러더니 돌멩이를 주워 물기를 닦아 주머니에 넣습니다.

"엄마, 이 돌멩이 예쁘지? 집에 가져가서 엄마 화분 위에 놓을 거야."

"엄마, 돌멩이 딱 다섯 개만 가져가서 친구들하고 공기할래요."

내 엄마를 닮아서 돌멩이를 좋아하나? 혼자 피식 웃습니다. 그리고 바다한테 속삭입니다.

"바다야 걱정 마. 이제 돌 안 가져갈게. 바다 돌멩이는 바다 네 거야."

아이들 주머니는 이미 불룩해졌습니다. 바다야 미안, 이번 한 번만.

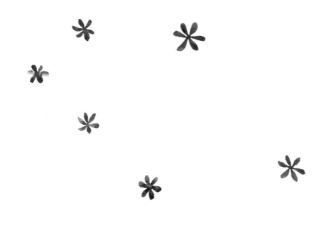

오십을 기다리며

　내 나이 열일곱 하고 열여덟. 사춘기는 책에서나 등장하는 단어라 여겼습니다. 나에게 사춘기 반항은 사치라 생각했습니다. 엄마에게 순하고 말 잘 듣는 여고생 딸이었지요. 그렇게 자라야 한다고 믿었고, 그렇게 자라고 싶었고, 그렇게 자랐습니다.

　내 나이 스물하나. 대학생이 되어 원 없이도 청춘을 불태웠습니다. 정의가 없는 사회를 내 손으로 바꿔보자며 전국적인 방황과 최대 정점을 찍는 반항 속에서 하루하루를 보냈지요. 그런 나를 엄마는 믿어주었고 장하다고 자랑했습니다. 맨날 투덜거리고 거친 말도 했습니다. 그런데도 엄마는 괜찮다고 했고 내가 예쁘다고 했습니다.

서른 하나, 였던가. 천상천하 유아독존이 엄마를 잃고 결혼을 했습니다. 당당하고 두려울 거 없는 나는 시댁의 굴레에서 벗어나지 못하고 나 스스로 주눅 들었습니다. 누가 그랬는지 모르게 나는 눈칫밥을 먹고 얹힌 밥을 먹었습니다. 좌절과 냉담 속에서 버리지 못하는 삶을 움켜쥐고 있었습니다.

서른둘 그리고 서른여섯. 아들의 엄마가 되었고 딸의 엄마가 되었습니다. 살아야 한다고 행복하게 살아야 한다고 다짐했습니다. 그런데도 아이들 앞에서 불행한 엄마로 보였고, 그것 때문에 평생 아이들에게 미안한 엄마가 되었습니다. 물론 지금은 그 미안함과 모진 세상에서 벗어나, 두 아이 엄마가 된 것은 내가 가장 잘한 일이었습니다.

마흔아홉. 내년이면 딱 오십입니다. 빨리 오십이 되었으면 좋겠습니다. 작년보다 올해가 살 만했고 어제보다 오늘이 더 좋았으니 오십이 되면 더 행복할 것 같습니다. 살아보니 나의 삼십 대와 사십 대는 울부짖는 감옥이었습니다. 처음에는 엄마를 잃어서 그런가 했는데 그게 아니었습니다. 사는 게 팍팍했던가? 그렇지도 않았습니다. 허전한 마음 한 곳 둘 데 없어 떠돈 내 인생이 가여워졌습니다.

오십. 오십을 기다립니다. 마스카라로 속눈썹에 힘을 주고 빨간 립스틱을 입술에 바르고 묶고 있던 머리를 풀고 꽃무늬 원피스를 입습니다. 거울에 비친 나는 수줍게 웃고 있습니다. 오늘 내가 기다리던 오십처럼 환하게 웃습니다. 그래 그렇게 웃으며 오십을 기다립니다.

오십. 오십을 기다립니다.
마스카라로 속눈썹에 힘을 주고
빨간 립스틱을 입술에 바르고
묶고 있던 머리를 풀고
꽃무늬 원피스를 입습니다.
거울에 비친 나는 수줍게 웃고 있습니다.
오늘 내가 기다리던 오십처럼 환하게 웃습니다.

그래 그렇게 웃으며
오십을 기다립니다.

엄마가 있고 없고

내가 학교를 다니면서 듣기 싫은 말 두 가지가 있었습니다.

"아빠 없는 사람 손 들어!"

"일요일에 뭐 했니?"

아빠 없이도 잘 지냈습니다. 그런데 새 학기가 되면 담임 선생님은 호구조사 하듯 집이며 가족 구성원이며 부모님 직업이며 이것저것 물어봅니다. 지금처럼 인터넷에 들어가서 질문에 표시하는 것도, 가정통신문 같은 종이에 적어오는 것도 아니었습니다. 그냥 아이들이 다 있는 교실에서 담임 선생님이 각 항목에 질문하면 해당하는 아이들은 손을 듭니다. 마지막 질문이 나에게는 괜한 고문 같은 겁니다. 아빠 없는 아이 손 들어보라고, 선생님은 특히 목청을 올려 번쩍 손 들어보라는 겁니다. 애들은 누가 손을 드나 가만히 쳐다봅니다. 나는 아빠 없이도 엄마랑 부러울 거 없이 하루하루 잘살고 있습니다. 선생님이 아빠 없는 사람 손 들라니까, 아빠 없이 엄마랑 사는 게 창피해졌습니다.

엄마랑만 살아도 좋았습니다. 엄마는 일 욕심이 많아서 하루도 쉬는 날 없이 계속 일을 만듭니다. 그러다 보니 돌아오는 몫이, 엄마의 일을 내가 도와야 하는 것입니다. 그래도 일요일 온종일 엄마랑 같이 있는 게 어디냐 싶었습니다. 가끔 나도 친구들과 놀고 싶고 엄마랑 일하는 게 힘들지만, 또 내가 아니면 누가 돕나 싶어서 군말 없이 따라갑니다. 엄마랑 일요일도 없이 일해도 괜찮은데, 자꾸만 선생님은 일요일에 일한 거 말고 또 뭐 했냐고 물어봅니다. 일요일엔 엄마를 도와야 하는데, 선생님은 엄마랑 뭐 했냐고 물으니까, 엄마를 도와야 하는 일요일이 싫어집니다.

이럴 때면 나는 선생님이 항상 이렇게 물어봐주었으면 좋겠다 싶은 겁니다.
"엄마 있는 사람 손 들어봐!"
"일요일에 엄마랑 보낸 사람 손 번쩍 들어."

그럼 나는 발꿈치도 들고 손도 번쩍 들었을 겁니다. 그런데 지금 누가 그렇게 물어보면 난 또 싫은 질문이 됩니다. 엄마가 없고, 일요일에 함께 보낼 엄마가 없습니다.

어릴 적 아빠 없이 엄마랑 산다고 말하면 '왜 아빠가 없니? 아빠는 어디 있니?' 어린 내가 답하기 어려운 질문을 받아야 했습니다. '엄마 혼자 애 키우려면 힘들겠네! 엄마랑 사는 게 불쌍하다!' 불쌍하지 않은 내가 불쌍하게 여겨지는 동정이 싫어서 그냥 아빠 없다는 소리를 안 했습니다.

이십 년이 지났습니다. 엄마가 없는데 아직도 '엄마가 없어요' 대신 '아빠가 없어요'라고 말합니다. 엄마가 없다고 말하면 '엄마가 왜 없냐? 엄마는 어디 있니?' 그리움을 건드리는 질문이 나를 슬프게 할 것을 압니다. '엄마 없이 여기까지 잘 자랐다! 혼자 사느라 고생이 많았다!' 연민하고 토닥이는 그 말이 불편해 그냥 엄마 없다는 소리도 하지 않았습니다.

아빠 없이 엄마랑만 살 때는 몰랐습니다. 아빠 없이 사는 건 슬픈 일이고, 아빠 없는 아이는 불쌍하다는 것을. 전혀 그렇지 않아서 동정의 눈빛이, 연민의 말이, 지겹고 싫었을 뿐입니다.

엄마 없이 살아보니 알겠습니다. 엄마 없이 사는 게 얼마나 애통한 일이고, 엄마 없는 아이가 얼마나 안쓰러운지. 굳이 사람들이 말하지 않아도 나는 슬프고 불쌍한 사람입니다. 동정하지 않아도 눈물부터 흐르는 이 말. '엄마 없는 아이.' '엄마는 어디 있니?'

엄마랑 살 때 이렇게 말했어야 했어요. '아빠 없이 엄마랑 잘 살고 있어요. 아빠가 없지만, 행복합니다.' 그때는 엄마 없는 아이가 될 줄 몰랐습니다. 아빠가 없어서 불쌍했고 다시 엄마가 없어서 가엾은 사람이 될 줄 상상하지 못했습니다.

아빠 없이 엄마랑 사는데 행복하다고 말하면 오히려 이상하게 여겼습니다. 엄마랑 행복하게 산다는 내 말이 거짓말처럼 들리지는 않을까, 스스로도 의심했습니다. 그 참된 거짓말을 위해 행복해야 한다고 나를 몰아세웠습니다.

그래, 네가 한 거짓이 무엇이냐 묻는다면, '나는 엄마와 오래도록 행복하게 살았습니다'가 되었습니다.

그런데 지금 생각해보니 거짓말이 아니었습니다.

나는 아빠 없이도 잘 살았습니다.
나는 엄마와 행복하게 잘 살았습니다.

천륜

　엄마와 나는 질기고도 질긴 인연이었습니다. 엄마와 나를 잇는 탯줄이 끊어진 그날부터 우리 둘의 연은 보이지 않는 끈으로 다시 꽁꽁 묶였습니다. 끊으려야 끊을 수도 없고, 지우려야 지울 수도 없는, 그야말로 모질고 깊은 인연이었습니다.

　엄마는 나를 보고 살았습니다. '네가 있어 산목숨 못 버리고 버틴다' 했습니다. 나도 엄마와 사는 동안, '엄마 때문에 못 살아' 오열하면서도 '엄마 때문에 살아' 하며 이 악물고 버텼습니다. 이유야 어찌 되었든 죽지 않고 살았다는 것이 다행이었습니다.

　엄마와 나, 우리는 천륜을 거스르지 않고 서로 의지하고 원망하며 다시 정붙이고 그렇게 살다가 어느 날 예고 없이 그 끈이 풀렸습니다. 모진 인연이 시절 인연이 되고 이제 그 끊어진 인연이 그리워 울고만 있었지요. 울다 울다 십 년이 시났고, 그리워하다 또 십 년이 흘렀지요. 이제, 놓지 못했던 그 인연의 질긴 끈을 서서히 놓아주려고 합니다. 엄마 부르는 소리만 들어도 가슴 철렁하던 나는 이제 더는 눈물바다를 만들지 않습니다.

눈물이 말라 눈물바다를 만들지 못하는 것은 아닙니다. 엄마와의 인연을 때때로 접어두는 일, 엄마와의 그리움을 뒤로 미루어두는 일, 그래서 '엄마!' 하는 소리에 더는 심장이 곤두박질치거나 울지 않는 일. 나는 천륜을 잇는 그 인연을 넘어 다른 인연으로 이어갑니다.

엄마, 소리를 들으면 고개를 돌려 딸을 바라봅니다. 엄마, 내 엄마가 그랬던 것처럼 어느 날은 바빠서 날 부르는 소리도 듣지 못하다가, 어느 날엔 그냥 무심히 바라보기도 했다가, 또 어떤 날엔 너무 사랑스럽고 괜스레 미안해 말없이 꼭 안아주기도 합니다. 그러면 딸도 어느 날은 그런 나를 그러려니 하고 지나가다가, 어떤 날은 날 좀 봐달라고 보채기도 하다가, 또 어떤 날은 끌어안는 나를 더 꼭 껴안아줍니다.

부모와 자식은 천륜이라, 혈육으로 맺어진 가장 가까운 사이라 하지요. 웃는 날도 있었지만 우는 날이 더 많았고, 의지하며 지냈지만 등지고 할퀴기도 했지요. 영원히 함께 살자면서도 버리고 싶은 마음을 숨기느라 힘들었지요. 살다가 좋은 날 웃는 날만 있지 않다는 것은 누가 가르쳐주지 않았는데도 엄마와 나, 모녀로부터 가장 먼저 알게 되었지요. 그래도 울다가 웃었고, 할퀴다가 쓰다듬어주었고, 버리려다가 다시 주워 닦아주었지요.

그렇게 보낸 세월이기에 핏줄도 탯줄도 아닌 동아줄로 꼭꼭 묶어놓은 모질고 질긴 인연이었습니다. 그 모질고 질긴 인연이 힘들었는지 그 인연 끊어내려고 썩은 동아줄을 잡았었나 봅니다. 끊긴 줄을 다시 잇지 못해 영영 잃어버린 내 엄마와 나는 서로 그리워만 했습니다. 그러다가 이제 새 동아줄을 잡았습니다. 이제는 그 끈을 놓치지 않으려 보살피고 애씁니다. 부디 두 번째 나의 천륜은 첫 번째 천륜보다 더 꽁꽁 묶여 있길 바랍니다.

눈물이 말라 눈물바다를 만들지 못하는 것은 아닙니다.
엄마와의 인연을 때때로 접어두는 일, 엄마와의 그리움을
뒤로 미루어두는 일, 그래서 '엄마!' 하는 소리에
더는 심장이 곤두박질치거나 울지 않는 일.
나는 천륜을 잇는 그 인연을 넘어 다른 인연으로 이어갑니다.

**부디 두 번째 나의 천륜은 첫 번째 천륜보다
더 꽁꽁 묶여 있길 바랍니다**

나비와 해바라기

보고 싶다고 말하면 이제 더는 볼 수 없는 거라고
그립다고 말하면 이제 더는 만날 수 없는 거라고

속에 미루어둔 마음을 말로 뱉으면 정말 그럴까 싶어서
보고 싶고 그리운데 참고 참다가 그래도 자꾸만 생각나서

걷다가 뛰다가 다시 또 걷다가 뛰다가
걸음이 이끄는 대로 여기 이렇게 와버렸네

왜 이제야 왔냐고 하늘 위 나비가 춤추며
좀 쉬었다 가라고 해바라기 활짝 웃으며

나를 반기네
나를 보네

자꾸만 나만 보니 차마 내 발길 떨어지지 않아
힘든 발길 어렵게 돌려 집으로 오는 길에

하늘 위 나비를 한참 지켜보다가
뜰에 핀 해바라기를 한참 쳐다보다가

속에 미루어둔 마음을 말로 뱉으면 정말 그럴까 싶어서
보고 싶고 그리운데 참고 참다가 그래도 자꾸만 생각나서

보고 싶다고 말하면 한번은 꿈속에 나타나줄 거라고
그립다고 말하고 말하면 그 말에 마음도 무심할 거라고

보고 싶어
보고 싶었어

웃으며 가볍게 툭 건네는 말은 내 마음에서 벗어난 일이고, 별일 아닌 일이고, 이제는 개운해진 일입니다. 아무 일 없었던 것처럼 아무렇지 않게 말할 수 있지요. 그러나 내 안에 사무치는 일은, 가슴을 후벼파는 일은, 해결될 것 같지 않은 큰일은, 입 밖으로 꺼내지 못하고 속앓이합니다. 그럴지도 모를, 아닐지도 모를, 나만의 그리움은 결코 함께 나누지를 못합니다. 세상 말이 많고 수다스러운 나는, 엄마가 보고 싶다는 말은 꺼내지 못하고 삭히고만 삽니다. 입 밖에 내면 정말 그렇게 될까 두렵고 무서워 차마 하지 못합니다. 강해서인지 약함을 드러내기 싫어서인지 나는 내 가슴에 맺힌 속을 보이지 못해 끙끙거립니다. 마무리가 되면, 괜찮아지면 그때는 또 툭 던지겠지요.

보고 싶었어.

네가 괜찮다면 나는 괜찮다

"딸내미 방이 너무 지저분한데 좀 치워."

"다 필요한 것들이야. 나는 괜찮은데~."

"아들 머리 좀 깎을래?"

"살짝 긴데. 아직은 괜찮은데요~."

"자기 운동 좀 하지?"

"지금도 좋은데, 괜찮습니다."

좀 더 나아 보였으면 하고 한마디 붙이면 돌아오는 대답은 괜찮다, 괜찮습니다, 네요. 못마땅한 것은 아닌데 거슬리니 이거저거 잔소리만 늡니다. 둥글게 둥글게 살자고 하는데 나는 아직도 모난 돌인가 봅니다. 심기가 뒤틀린 것도 아닌데 내 눈에 뭐 하나가 맞지 않으면 불편해서 말을 합니다. 그런데 정작 모두 다 괜찮다고 합니다. 나만 괜찮지가 않은 거죠.

'나만 싫은 건가?' '나만 안 좋은 건가?' 그러다가 '왜 나만 안 괜찮은 거지?' 생각해봅니다. 그러고 보니 나는 괜스레 트집을 잡은 것입니다. 할 일 없으니 참견을 하다가, 조언하다가, 일이 커진 것이지요. 내 눈에 거슬리는 것을 찾아내서 내가 그것 때문에, 지금 괜찮지 않음을 알려준 셈이죠. 결국, 내가 괜찮아지도록, 내가 불편하지 않도록, 사랑과 관심이라는 명목 아래 잔소리를 해대는 것이지요.

상대가 괜찮다는데 나는 왜 굳이 불편한 눈치를 보면서까지 상대를 나에게 맞도록 고치려 할까. 왜 내 마음에 들도록 강요할까. 보이는 태도가 왜 꼭 내 마음에 들도록 해야 내 마음이 편할까. 나는 혼자 생각했습니다. 일상생활과 태도뿐만 아니라, 생각과 마음까지도 강요했는지 모르겠네요.

내가 좋은 것은 함께 좋아해야 하고, 내가 좋아하지 않는 것은 함께 좋아하지 않아야 합니다. 마치 내 취향과 생각은 맞고 상대의 취향과 생각은 맞지 않는다는 듯 말이지요. 그렇게 해야 서로 행복할 수 있고, 함께 행복할 권리가 있다고 말이지요.

가족이니까, 사랑하니까, 하면서 내가 원하는 쪽으로 이끌고 가려다 보니 오히려 서로에게 부담이고 불편함이 다가옵니다. 가족으로부터 나의 감정과 태도를 독립시켜야겠습니다. 그렇지 않으면 사랑과 관심은 결국 간섭과 감시가 될지 모를 일입니다. 상대는 피하고 눈치를 보게 될 테고.

어느 날 나는 길지 않았던 머리를 더 짧게 하고 집으로 갔습니다. 짧은 머리에 어색해하는 나에게 엄마는 한마디 했습니다.

> 왜 이렇게 짧게 잘랐어?
> 여름이니까.
> 뭔가 이상해. 파마하지 그랬어?
> 난 좋은데? 괜찮아, 맘에 들어.
> 그래? 네가 좋으면 좋은 거지. 네가 괜찮으면 됐어. 이쁘다~

엄마는 나에게 강요하는 법이 없었습니다. 내 선택이 마음에 들지 않아도 내가 좋으면, 내가 괜찮다면, 더는 훈수를 두지 않았습니다. 태도가 좀 거슬린다, 싶어도 큰 문제가 되지 않으면 그냥 지켜볼 뿐이었습니다. 그냥 넘어가주었습니다. 엄마의 의견을 던져주기도 했지만, 결코 강요하는 법은 없었습니다. 그래서 나는 내 선택을 믿었고, 남에게 의지하지 않았습니다. 간혹 나중에 후회하더라도 내 선택이었으니 원망하거나 핑계를 댈 수도 없었습니다.

"괜찮아."
"네가 좋으면 나도 좋아. 그러면 된 거지."

세상사 모든 게 내 뜻대로만 되지 않습니다. 완벽하다는 것은 오만일 수 있습니다. 만족은 자기 마음에 달린 것입니다. 믿음으로 지켜봐주면 예쁘고 괜찮은 것입니다. 못마땅하게 보면 그렇게 미울 수가 없습니다. 상대도 나를 그냥 좀 봐주는데 나도 상대를 좀 봐주어야겠습니다. 본인이 괜찮다는데 굳이 내가 안 괜찮다고 할 이유가 없습니다. '그래, 네가 괜찮으면 나도 괜찮은 거다.' 나는 이렇게 생각하겠습니다.

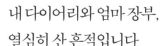

내 다이어리와 엄마 장부,
열심히 산 흔적입니다

　나는 다이어리 쓰는 것과 노트 정리를 좋아합니다. 매년 한 권씩 쓰는데 책장에는 책만큼 다이어리가 있습니다. 아, 다이어리가 많은 것이 아니라 책이 적은 것이겠네요. 어느 해엔 일 년, 열두 달, 오십이 주, 삼십 일, 스물네 시간 단위로 다이어리를 썼습니다. 또 어느 해엔 중고등학생 줄 노트를 사서 하루 기록을 편지처럼 쓰기도 했습니다. 할 일이 많아 여유 부릴 시간 없다면서도 일단 책상 위에 노트와 다이어리를 꺼내면 계획표를 그리고 그 속에 시간과 해야 할 일을 채우고 꾸미느라 시간 가는 줄 모릅니다. 다이어리를 정리하는 시간이면 청소도 하고 설거지도 하고 드라마도 한 편 볼 만합니다. 다이어리를 채워가는 것은 나의 취미이자 하루 중 리추얼한 루틴입니다. 해가 바뀌어도, 일상에는 큰 변화가 없습니다.

하루 루틴이야 다들 그러하듯 오전 오후로 나뉩니다. 오전에는 기상, 아침밥, 배웅, 청소, 기도, 씻기 정도지요. 최근에는 아침을 먹지 않고 빈속으로 학교 가는 아이들 배웅이 안타깝습니다. 아침에 한 숟가락 먹이는 것이 엄마인 나의 의무이고 즐거움인데 요즘 그러지 못해 참 속상합니다. 아이들이 나가고 나면 방과 거실을 돌며 물건들을 정리하고 청소기를 한 번 돌립니다. 그리고 아이들 방이 보이는 곳에 방석을 깔고 앉아 기도문을 꺼내 읽지요.

오전 열 시부터 출근 시간 두 시 전까지는 혼자만을 위한 시간입니다. 월요일에는 합창 연습을, 화요일에는 운동 후 맛집 탐방을, 수요일에는 혼자 카페나 전시회를 갑니다. 목요일에는 독서모임에 가고, 금요일은 사람들을 만나 시간을 보냅니다. 토요일은 학원 수업 교재와 밀린 원고를 정리하고, 일요일은 동생네나 가족과 함께 시간을 보냅니다.

오후 두 시, 학원에서 아이들을 가르치는데 보통은 수업이 연이어 있어서 쉬는 시간과 저녁 시간이 따로 없어 점심에 충분히 많은 양을 먹고 일을 하는 편입니다.

학원 수업이 끝나고 집에 오면 밤입니다. 아이들 간식을 챙겨주며 나도 곁에서 늦은 저녁을 해결합니다. 이제 나의 공부시간입니다. 책을 읽고, 책을 쓰고, 요즘은 블로그와 인스타를 시작했는데 이것도 시간이 꽤 걸립니다. 하루가 끝나고 잠자리에 들기 전 다이어리를 꺼냅니다.

이제 나의 하루를 마감하고 자가 치유하는 시간입니다. 다이어리에는 다음 날 계획과 할 일을 기록하기보다는 하루를 어떻게 보냈는지 결과 위주로 적어둡니다. 칸칸이 줄을 그은 곳은, 확인 점검표라 다함, 다 못함, 다시 해야 함, 나눈 뒤 빨간 색연필로 나만의 암호를 적어둡니다. 그리고 계획한 일을 하는 동안 그때의 느낌을 짧은 글과 이모티콘을 사용해 기록합니다. 성취감을 느끼는 건 물론이고 반성과 다짐의 시간이 되기도 하지요. 이렇게 나만의 비밀 노트를 적다 보면 스스로 성장하고 있음을 알아차립니다.

오늘 하루도 바쁘게 알차게 많은 일을 했습니다. 뿌듯합니다. 특히 다이어리에 적은 일정을 확인해 색연필로 색칠하는 순간은 힐링 타임입니다. 감상과 메모를 적어두는 것은 즐거운 행위입니다. 동그라미가 많고 그 안이 짙게 칠해진 날은 하루가 뿌듯함으로 충만한 날입니다. 물론 가위표와 우는 표정의 이모티콘이 가득한 날도 있습니다. 그런 날은 밥값 못한 날이라고 자책하며 다시는 그러지 말자고 다짐합니다.

다이어리에는 해마다 적어두는 계절과 월별 행사가 있습니다. 12월, 1월, 8월은 아이들 방학입니다. 밖에서 이루어지던 주간 루틴을 멈추고 아이들 스케줄에 따라 움직이며 혼자 할 수 있는 일을 합니다. 2월과 9월은 설과 추석 명절이 있는 달입니다. 명절 다음 날, 동생이 집에 와서 밥을 먹고 외가에 가곤 했는데 외할머니가 돌아가신 뒤로는 이도 불규칙적으로 변했습니다. 3월은 신학기라 아이들에게 신경을 씁니다.

4월, 6월, 10월, 12월은 학원 시험 대비로 나도 아이들도 마음의 여유 없이 바쁜 달입니다. 시험이 끝나는 주에는 아이들과 여행을 가곤 했는데, 이 또한 아이들이 크고 나니 여행보다는 하루 아무것도 하지 않고 놀거나 나만 모임에 나갑니다. 5월은 가정의 달이라 보통 다른 가정을 보면 이달이 가장 바쁜 듯합니다. 그러나 우리는 오히려 행사가 없는 편이라 조용합니다. 7월은 내 생일이 있는 달인데 병원에 가서 건강검진을 받습니다. 이것은 시작한 지 몇 해 되지 않았는데, 그 전에는 나에게 선물을 주다가, 건강한 몸을 주셨으니 잘 지켜야겠다는 생각으로 시작했습니다.

나는 하고 싶은 게 많습니다. 해야 할 일도 많습니다. 그래서 매우 바쁩니다. 가정, 직장, 모임, 동아리 등 꼭 해야 할 일도 있지만 내가 선택한 일이 더 많습니다. 바쁘지만 바쁘다고 투정 부리지 못하는 이유입니다. 책임과 의무가 따르는 것이 아니라, 어찌 생각하면 해도 그만, 안 해도 그만인 것들입니다. 그래서 나에게 좀 더 냉정하게 혹독하게 대합니다. 그러기 위해서 다이어리를 쓰고 일일 점검표를 만들어 확인 표시를 하는 겁니다. 큰 계획이나 장기적인 목표를 두지 않더라도 주어진 하루를 열심히 살고자 하는 나만의 표현입니다.

엄마 방에는 작은 책상이 하나 있었는데 엄마는 그 책상을 책꽂이로 사용했습니다. 그곳에는 주로 엄마가 공부하는 책과 노트가 있었습니다. 침대 머리맡이나 베개 아래에는 장부와 노트를 몇 권씩 넣어두었습니다.

아침에 일어나면 이불 속에서 누운 채로 장부를 펼치고 수입 지출 내용 위주로 가계부를 적었습니다. 그때 엄마의 장부 뒷면에는 돈을 꾸어간 사람 이름과 금액과 갚기로 한 날짜가 적혀 있었습니다. 명세서나 우편물을 장부 사이에 끼워두었다가 일정 기간이 지나면 두세 번 접은 후 찢어서 비닐에 담아 한동안 보관했다가 연말이 되면 버렸습니다.

엄마는 장부 말고도 겉에 옥스퍼드 유니버시티라고 적힌 속지가 누런 대학 노트를 갖고 있었습니다. 그곳에는 주로 짧은 일기나 그날의 기분을 한 줄 정도로 적어두었습니다. 기쁘고 행복할 때는 별로 적지 않았습니다. 누군가를 원망하는 소리, 화가 난 이유, 말도 안되는 상황 등을 짧은 단어로 적고 도형 같은 엄마만의 표시를 해두었습니다. 하루에 한 장 그날 할 일을 차례로 적었습니다. 그날 해야 할 일이 많으니까 할 일을 놓치지 않기 위한 점검표 정도였던 것 같습니다. 하루 일정을 적은 옆에는 빨간 볼펜과 파란 볼펜으로 엄마만의 표시를 하고 줄을 그었습니다. 의미는 알 수 없지만, 화살표와 도형을 많이 그렸습니다. 그런데 엄마 노트 점검표에는 못했다는 표시가 거의 없었습니다. 오늘 못한 일은 그날 밤늦게까지라도 해낸 사람이었습니다.

주어진 시간을 낭비하지 않는 것, 그저 열심히 살려고 발버둥 치듯 하는 것, 이것은 엄마와 내가 닮은 좋은 점입니다. 엄마는 옥스퍼드 스프링 공책을 장부 삼아, 나는 매년 책방에서 사은품으로 받은 다이어리를 힐링 아이템으로 삼아, 우리는 서로 나날을 기록하고 기억하며 반성하고 그렇게 성장했습니다.

하루 스물네 시간은 나와 남들 모두에게 똑같이 주어진 선물입니다. 모두에게 똑같이 부여된 선물을 어떻게 사용하는지에 따라 그 가치는 달라집니다. 하루를 그냥 보내면 괜히 죄스럽기도 합니다. 일하면서 놀기도 하고 놀면서 일하기도 하는 게 내 성향이지만, 요즘 하고 싶은 것이 또 늘어 쉴 새 없이 다이어리를 채워야 하는 처지입니다.

생일은 일 년 동안 죽지 않고 산
나에게 주는 감사의 날

"아드님, 선물 준비하고 있지?"
"네. 기대해요. 지난주 내내 고민했습니다."
"딸내미, 선물 주문했어?"
"넵!"
"어디서 먹지? 뭐 먹고 싶어요?"
"메뉴는 상관없어. 그냥 좋은 데."

혹시 까먹었을까, 아들과 딸에게 재차 확인합니다. 웃으며 툭 던지듯 말해도 강요가 확실합니다. 내일은 양력 7월 10일 내 생일입니다. 음력으로 생일을 지냈는데 몇 해 전부터 양력으로 바꾸었습니다. 아이들은 음력으로 말하면 헷갈린다고 잘 모르겠다고 합니다. 음력이 아예 없는 양력 달력도 나옵니다. 내가 때마다 알려주어야 하니 불편하기도 하고, 내가 언제까지 챙겨주어야 하나 싶어서, 몇 해 전부터 아예 양력으로 생일을 지내고 있습니다.

아이들에게 생일 날짜를 알리고, 중간에 확인하고, 받고 싶은 선물도 미리미리 알려줍니다. 아이들이 고민해서 고른 선물은 매번 마음으로 받지만 잘 쓰지 않는 경우가 있었습니다. 그래서 이젠 갖고 싶은 것을 말하고 그것을 잘 사용하면서 아이들 마음을 가까이에 둡니다. 처음에는 엄마가 이런 요구를 하는 것이 이상하다고 여기더니 지금은 그러려니 합니다.

1212. 일리일리.

절대 까먹으면 안 되는 숫자입니다. 엄마는 생일 한 달 전부터 달력 생일 날짜에 빨간 매직으로 동그라미를 크게 여러 번 겹쳐서 그리고 〈축, 엄마 생일〉이라고 적습니다. 거실을 오가며 달력을 가리키고, 생일을 기억하라고 일러둡니다.
"엄마 생일 안 까먹어. 까먹었다가는 큰일이지."

엄마는 살기 힘들고 슬픔이 가득한 날엔 세상살이와 빨리 하직하고 싶다고 했습니다. 팔자타령을 곧잘 했지만, 제아무리 팍팍한 과부 팔자라도 저승보다 이승이 낫지 싶어 마음 고쳐먹고 살아보자 다짐했습니다. 이 세상에 태어난 것에 감사하며 생일을 스스로 기념하고 기쁘게 보내려 했던 겁니다.

엄마는 평소 구두쇠 짠순이입니다. 하지만 생일날만큼은 여유를 부리고 호사를 누립니다. 친구들과 여행도 가고, 평소 눈여겨보아두었던 장신구나 옷을 사기도 합니다. 미역국을 끓여 한 가족이 모여 밥 한 끼를 먹고, 노래방도 가고, 술도 한잔합니다. 이 세상에 잘 태어났다고 잘 살다가 죽을 거라고, 기를 쓰고 살아보려는 발악입니다.

엄마가 떠나던 그해에는 유독 엄마에게 커다란 슬픔이 있었고 많이 힘들어했습니다. 엄마 생일날도 웃을 수 없는 날이라 나는 눈치만 보다가 어렵게 말을 꺼냈습니다.

"오늘 엄마 생일인데 밥도 못 먹었지?"

"입맛이 없어."

"그래! 내가 케이크 사 갈게."

그날 저녁 엄마와 나 사이엔 초콜릿 케이크 하나만 덩그러니 있었습니다. 초 다섯 개에 불을 붙이고 우리는 말없이 타는 불꽃을 불어 불을 껐습니다. 삶은 그리도 쓴데 케이크 한 조각은 어찌 그리도 달던지요. 덕분에 기운을 차린 엄마는 찬장에서 먹다가 남겨둔 소주병을 가지고 왔습니다. 우리는 케이크를 안주 삼아 소주잔을 기울였습니다. 엄마 생전에 마지막 생일은 그랬습니다. 엄마가 떠난 후로 나는 엄마 생일에 케이크와 소주를 겸합니다. 가끔은 동생과 가끔은 친구와 함께요. 그들은 의아해합니다.

"치맥도 아니고…. 케이크에 소주가 어울리나?"

"응. 어울려. 아주 맛있어. 소주도 달고 케이크도 달지. 달아."

내가 잘 크고 잘 사는 것은 나를 낳아준 엄마에 대한 예의입니다. 그래서 내 생일을 내 가족에게 대접받고 잘 지내려 하는 것입니다. 내일 나는 가족과 저녁에 생일 밥을 먹을 예정입니다. 케이크를 먹고 소주도 한잔, 하겠지요.

기도

배웅, 청소, 기도, 나가기.

아침 루틴입니다. 가족이 학교로 회사로 나가면 세탁기를 돌립니다. 방방을 돌아다니며 침대와 책상 정리를 하고 바닥에 버려진 휴지를 줍습니다. 거실 테이블 두 개 위에 놓였던 그릇들을 치우고 책을 정렬하고 불필요한 물건은 버립니다. 소리 나는 청소기 대신 조용한 밀대로 바닥을 훔치듯 닦아냅니다. 세탁기를 돌리고 설거지가 끝나면 두 아이 방문 앞 통로에 가부좌를 틀고 앉습니다.

팔을 뻗으면 손 닿는 책꽂이에서 종이 세 장을 꺼내 펼칩니다. 반야바라밀다심경, 맥아더 장군의 자녀를 위한 기도문, 그리고 최근 둘째 권유로 추가한 오은영 박사의 자식을 위한 십계명. 세 장을 읽는 데

칠 분 정도 걸립니다. 아침 기도 시간 칠 분을 위해 집 안을 치우고 먼지를 떨어냅니다. 마치 스님이 새벽 예불 전 도량을 청소하며 마음을 정갈하게 가다듬는 행위처럼 말이지요.

나의 하루는 기도를 위한 장소를 청소하는 것으로 시작입니다. 그 칠 분여 기도 시간이 지나면 실제적인 하루가 시작됩니다. 운동하고 놀러 가고 일하러 갑니다. 아침에 서두르다 보면 기도를 깜빡할 때가 있습니다. 기도를 할 수 없을 만큼 아침 일찍 나가야 하는 날도 있습니다. 그런 날은 하루 내내 찝찝합니다. 이번 주는 거의 기도문을 읽지 못했습니다. 가장 뻔한 변명, 바빠서. 그래서 이번 주는 녹음한 것을 이동하면서 들었습니다. 기도하는 형태는 기도문을 읽거나, 쓰거나, 듣거나 여러 가지입니다. 처음 아침 기도를 생각했을 때 나는 읽는 기도를 선택했습니다. 그런데 바쁜 날, 깜빡한 날에는 듣는 기도로 바꿉니다. 어떤 형태로든 기도를 멈추지 않으려는 노력입니다.

나는 왜 기도할까요? 누가 나를 위해 기도했을까요?

흔히들 부모가 아이를 깨울 때 굿모닝 키스나 포옹을 하지요. 팔다리 마사지도 합니다. 그러나 나를 깨우는 엄마는 노래 부르기가 아침 알람입니다. 흥 많은 엄마는 〈일어나요〉, 〈노래는 즐겁구나〉를, 뚱뚱한 몸집으로 엉덩이도 흔들고 팔도 휘저으며 노래 부르며 방으로 들어옵니다. 들어와서는 내 옆에 누워 내 몸 위에 엄마의 다리를 올리거나 엄마의 육중한 몸을 내 몸 위에 포개어 겹칩니다. 일단 엄마의 몸이 내 위에 올라오면, 좀 더 잔다고 버틸 수 없습니다.

씻고 나오면 엄마는 밥을 차려놓고 천수경 테이프가 꽂힌 카세트 플레이어의 플레이 버튼을 누릅니다. 무섭기도 하고 심란하기도 한, 한이 서린 할아버지(스님이셨겠지요) 목소리라 별로 좋아하지 않습니다. 자리에 앉아 기도문을 읽을 시간도 아깝다던 엄마였지만, 자식을 위한 기도를 하고 싶은 것이겠지요. 그래서 테이프라도 틀어놓고 마음을 전하고 싶었겠지요

엄마는 그렇습니다. 자식을 위해 엄마가 존재합니다. 자식에 의해 엄마라는 의미가 존재합니다. 자식을 위한 엄마의 선택은 중요합니다. 이제 내가 엄마가 되고 보니 엄마는 그랬구나, 나를 위해 그랬구나, 알게 되었습니다. 내 자식을 위해 내가 존재하고, 내 자식을 위한 나의 선택이 중요하며, 내 자식에 의해 나는 엄마라는 의미가 새겨졌습니다. 내 엄마가 나를 위해 그러했듯이, 나는 내 자식을 위해 매일 진심으로 기도할 것입니다. 어떤 방식으로든 말이지요.

시간이라는 선물

어느 날 청년이 된 아들은,

아버지가 위독하시다는 소식을 듣고 고향에 갑니다.

아버지는 돌아가셨고 그곳에는 처음 보는 동생이 형을 기다립니다.

동생은 아버지가 형을 많이 기다렸다고,

형을 많이 사랑했다고,

그래서 내가 태어난 것이라고 전해줍니다.

형은 동생의 존재를 인정할 수 없었습니다.

아버지의 진심도 받아들이지 않았습니다.

동생은 왜 자신이 태어났는지,

왜 이렇게 사랑을 받고 있는지를 이야기합니다.

형이 어렸을 때, 아버지는 너무 바빴습니다.

아버지에게는 언제나 가족보다 일이 우선이었습니다.

나머지 일이 성공적으로 끝났고

아들과 함께 시간을 보내기 위해 놀아줬습니다.

그러나 아들은 아버지의 보호가 더 필요치 않을 만큼 성장했습니다.

이제는 아들이 바빠서 아버지와 함께할 시간이 없었습니다.

아버지는 깨달았죠.

일 때문에 소중한 아들과의 시간을 놓치고 말았다는 것을.

후회하지만 너무 늦었습니다.

다 자란 아들은 다시 어릴 적 아들로 돌아오지 않습니다.

제페토 할아버지가 피노키오를 만들었던 것처럼

아버지는 아들의 분신, 형의 동생을 만들었습니다.

그동안 아들에게 해주고 싶었던 것을

하나씩 하나씩 동생과 함께 해나갔습니다.

아들과 충분히 시간을 갖고, 사랑도 듬뿍 주고,

그때그때 마음도 표현했습니다.

아들에게 못했던 미안한 마음을 동생에게 대신해준 것입니다.

아들은 이제야 이해합니다.

아버지는 자신을 사랑하지 않은 것이 아니었다는 것을.

아버지는 바빴을 뿐이라는 것을.

아버지는 처음부터 끝까지 나를 사랑했다는 것을.

이제야 아들은 아버지의 마음을 알았습니다.

후회와 미안함으로 눈물을 흘립니다.

그러나 이제는 좀 늦은 것 같습니다.

아버지가 만든 동생은 바로 인공지능 로봇입니다.

몇 해 전, 한 신문사가 주최한 신춘문예 동화 당선작입니다. 이 동화에서처럼 아이들의 아버지는 참 바빴습니다. 시대는 사람의 생활을 보여준다고, 아버지의 시대는 바쁘지 않은 날이 없었습니다. 집보다는 직장에서 보내는 시간이 많았고, 직장에서 동료들과 일, 휴식 그리고 유흥을 즐기느라 가족과 함께하는 시간을 가질 틈이 없었습니다. 아버지는 일하는 기계가 아니지만 일만 했습니다.

일하는 것에 익숙해져서 가족과 보내는 시간보다는 일하는 시간이 편하다는 아버지도 있습니다. 내 아버지 시대만큼은 아니지만, 지금 아버지들도 역시 바쁩니다. 오히려 이 시대의 아버지는 멀티플레이어가 되어 더욱 빨리 움직이고 다양한 역할을 해야 합니다. 때때로 아내인 나와 아이들은 이해하지 못합니다. 우리와 놀지 않고 직장에 가야

하는 아버지 마음을.

　일이 중요하지만, 아이들과 함께하는 시간이 똑같이 중요하지 않을까요? 아이들의 시절을 보는 것은 잠깐입니다. 엄마, 아빠. 선물로 시간을 대신하지 말아야 합니다. 아이들은 커다란 선물 상자보다 엄마 아빠와 함께한 크고 작은 추억의 시간을 더 기억할 것입니다.

　엄마는 나에게 그런 아빠를 갖추어주진 못한 것에 대해 몹시 안타까워했습니다. 어쩌면 지금의 나처럼.

윤복희의 여러분

음악이라면 노래건 악기연주건 장르를 따지지 않고 다 좋아합니다. 음악사도 모르고, 악기 하나 제대로 다루는 것은 없지만, 듣고 따라 부르는 것을 즐깁니다. 화가 나면 화를 삭이려, 즐거우면 흥을 돋우려, 음악을 듣고 노래를 따라 부릅니다. 노래방에 가서 부르는 것도 좋아라 하고 CD나 음악 사이트에서 음악을 듣는 것도 좋아합니다.

라디오에서 우연히 듣는 노래야말로 명곡을 만나는 찰나입니다. 라디오에서 '이거야!' 하고 나의 심장을 훅 치는 노래가 있습니다. 그러면 집안일을 하다가, 운전하다가, 정리하다가, 두 손 멈추고, 볼륨을 높입니다. 가사에 귀 기울여, 리듬에 맞추어, 고개도 끄덕이고 손가락도 까닥거리지요. 아이들은 열창하는 엄마를 보고 웃다가도 과하다

싫으면 창피하다고 그만하라지만, 신경 쓰지 않고 끝까지 부릅니다. 어쩌면, 이것이 내 삶의 재미고, 좀 거창해지자면 일상으로부터 경험하는 예술이 아닐까요.

딸과 나는 노래방에 가는 것을 좋아합니다. 딸과 나는 노래방에 가면 알리의 노래를 부르고 장윤정의 노래를 부르고 각자 노래방 18번을 부르고 또 부르고. 아 다음에 가면 몬스타 엑스의 노래도 하나 배워볼 생각입니다. 딸이 좋아하는 아이돌 가수인데 같이 덕후하자고 매일 노래를 들려줍니다. 자꾸 듣다 보니 노래도 익숙해지고 그 아이돌 가수도 좋아집니다.

엄마와 나도 노래방 가는 것을 좋아했습니다. 엄마는 노래하는 것을 좋아했지만, 내 노래 듣는 것을 더 좋아했습니다. 엄마는 엄마 18번 〈돌아와요 부산항에〉를 부르고. 나는 엄마를 위한 엄마 18번 〈카츄사의 연인〉과 〈여러분〉을 부르고.

엄마는 일하면서 노래하는 것을 좋아했지만, 관광버스에서 마이크 잡고 노래하며 춤추는 것도 좋아했습니다. 술 한잔 걸친 사람처럼 노래하고 춤추는 엄마가 행복해 보였습니다. 엄마는 노래하고 싶어서 관광버스를 타고 놀러 가는 것 같았습니다. 나는 운전하면서 라디오에서 흘러나오는 노래를 따라 부르는 것을 좋아합니다. 가끔 딸은 내가 노래 부르는 게 시끄럽다고 합니다. 딸이 그러거나 말거나 우리 엄마가 그랬던 것처럼 나도 노래 부르고 싶어서 일부러 멀리 돌아 운전을 합니다.

서바이벌 음악 프로그램보다는 라디오나 유튜브로 전체 듣기를 하는 편입니다. 노래 잘하는 가수의 좋은 노래를 듣고 싶을 뿐입니다. 심사위원이 별로다, 평을 하면 감흥이 떨어집니다. 패널의 과한 리액션이 화면에 클로즈업되면 내 감정을 침해당하는 것 같습니다. 진행자의 지루한 멘트도 음악의 맥을 끊을 때가 있습니다. 나는 노래 한 곡을 다 들을 때까지 어떤 방해도 받고 싶지 않습니다.

오늘 아침에 유튜브로 지난 음악방송을 보았습니다. 가수가 되고 싶어 미국에서 건너온 아직은 한국말이 서툰 열여섯 살 한국 소녀가 부른 노래는 윤복희의 〈여러분〉. 나에게는 추억이자 위로의 노래입니다. 엄마 앞에서 윤복희의 〈여러분〉을 불렀는데 엄마는 '네가 이런 노래를 알아? 듣기 좋네' 하는 표정으로 웃었습니다. 그때 이 노랫말을 이해나 했을까요? 그저 어린애가 엄마를 기쁘게 할 요량으로 부르지 않았을까요?

열여섯 살 내가 아닌 다른 소녀(케이팝 스타, 유제이)가 부르는 윤복희의 〈여러분〉. 듣기 전부터 이 소녀가 궁금했고, 이 소녀가 부르는 〈여러분〉은 어떨까 상상했습니다. 이 노래를 어떻게 알았을까? 이 노래를 왜 부르게 되었을까? 이 노래의 깊은 의미를 알기는 알까?

"깜짝 놀란 선곡이에요. 이 노래를 어떻게 부를지 정말 궁금합니다."
진행자 질문에 소녀는 무덤덤한 표정으로 대답합니다.
"엄마를 위로하는 마음으로 노래일게요. 엄마가 슬프면 제가 슬프니까요. 그래서 엄마가 슬프지 않도록 노래할게요. 엄마를 위로해주고 싶어요."

열여섯 살 소녀는 엄마를 위해 노래를 부릅니다. 열여섯 살 내가 엄마를 위해 불렀던 그때처럼 말이지요. 덤덤한 표정의 그녀는 애쓰지 않고 마치 엄마에게 이야기하듯 차분히 노랫말을 뱉어냅니다. 그녀의 다문 두 입술 사이로 나직이 새어 나오는 노래는 열여섯 살 그녀의 엄마를 위로했고, 또 나를 위로해주었습니다.

네가 만약 외로울 때면~
내가 위로해 줄게~
네가 만약 서러울 때면~
내가 눈물이 되리~

어린 내가 즐겨 부를 노래는 아니었는데 이후에도 곧잘 불렀습니다. 커서는 수련회나 회식 자리에서 이 노래가 노래방 18번이 되어 교수님과 직장 선배에게 이쁨을 받기도 했습니다. 엄마를 위로하려고 불렀던 노래가 다른 사람을 즐겁게 해주었습니다. 지금은 인간관계에 지칠 때 윤복희의 '여러분'이라는 노랫말이 나를 위로하는 인생 노래가 되었습니다. 이제는 가사를 이해할 수 있습니다. 내가 외롭고 지칠 때, 당신의 말과 눈물은 나에게 위로가 되어주었습니다.

지금 나를 위로하는 당신은 누구입니까? 여러분을 위로하는 당신은 누구입니까?

엄마를 위로하는 마음으로 노래할게요.
엄마가 슬프면 제가 슬프니까요.
그래서 엄마가 슬프지 않도록 노래할게요.

엄마를 위로해주고 싶어요.

부심

진실과 거짓이 있습니다.

당신은 어느 편에 서겠습니까?

나는 큰 고민 없이 진실의 손을 들 것입니다.

찬성과 반대가 있습니다.

나에게 득도 실도 될 것 없는 찬반 논리 앞이라면 어떻습니까?

나는 두 의견을 함께 들어보고 공적으로 옳은 것에 투표할 것입니다.

진실을 묵인한다면 큰 이익을 받을 수 있습니다.

눈앞의 이익을 버리고 진실을 말할 수 있습니까?

나는 그깟 이익을 버리고 진실을 말할 것입니다.

나는 분명 진실과 거짓을 구분할 수 있습니다.
진실을 진실이라고 거짓을 거짓이라고 말하겠습니다.
그렇게 해야 한다고 배웠습니다.

그러나 진실을 밝히려 할 때
내 가족 내 아이의 신변이 위태롭다면
나의 묵인이 가족을 살릴 수 있다면

그래도 나는 진실을 찾으려고 할까요?

오래전 영화 〈변호인〉의 주인공 송우석은 진실 찾기에 두려움도 물러섬도 없는 변호사입니다. 항상 진실 앞에 당당했습니다. 그 당당함이 잘 어울렸습니다. 그러나 나는 보았습니다. 진실을 찾는 변호사가 자식 앞에서 흔들렸던 한 번의 눈동자를. 한 번도 흔들리지 않았던 진실한 뚝심 있는 변호사도 가족의 안전 앞에서는 진실을 외치기를 주저했습니다.

영화가 끝나고 자는 아이들을 보았습니다. 나는 아이들의 안전을 뒤로하고 진실만을 찾을 수 있을까? 답하기 어려울 것 같습니다. 굳이 변명하자면, 내가 비겁해서도, 이기주의여서도 아닙니다. 단지 나는 내 아이들만큼은 지켜주어야 하는 세상에 하나뿐인 엄마이기 때문입니다. 두 아이의 아버지 송우석도 그랬을 것입니다. 우리는 알고 있습니다. 부모는 자식을 위해서라면 못할 것이 없다는 것을. 그것이 어머니이고 아버지입니다.

기 살려주려고

학교 대청소가 있는 날입니다. 보통 신학기와 겨울 방학 전에 두 번 합니다. 각 반 교실, 교무실, 복도, 창문, 운동장 곳곳을 분담해서 거의 일주일 동안 전 학생이 쓸고 닦은 것 같습니다. 학교 공부가 싫은 친구들은 청소의 날이 운동회와 소풍 다음으로 반가운 날입니다. 맡은 역할에 따라 삼삼오오 모여서 입으로는 수다를 양손에는 청소도구를 가지고 쉴 새 없이 움직입니다.

장학사 선생님이 학교에 다녀간 다음 날엔 엄마들이 학교에 옵니다. 육성회라는 학교 운영회였는데 하루 동안 교장 선생님과 교감 선생님이 엄마들과 교실을 둘러보고 아이들의 공부하는 모습을 참관합니다.

엄마는 졸업식과 입학식은 못 오더라도 학교 육성회 모임에는 꼭 참석합니다. '육성회는 부잣집에서 하는 거라는데, 우리 집은 부자가 아닌데 왜 육성회를 하지?' 의아해합니다. 무엇보다도 나는 엄마가 학교에 오는 날이 싫습니다. 그렇게 창피할 수가 없습니다.

"야…. 네 엄마 왔어."
"우와~ 네 엄마 진짜 사장님 같다."
"네 엄마 영화배우처럼 입었어."

엄마가 다녀간 날은 친구들 사이에서 단연 엄마가 화제입니다. 엄마보다는 엄마가 입고 온 옷이 얘깃거리가 됩니다. 친구들은 엄마를 보고 감탄도 하고 친구 엄마라는 사실에 자랑스러워도 합니다. 엄마는 살랑살랑한 반짝이는 실크 원피스에 모피를 걸치고 옵니다. 사실 그리 추운 한겨울도 아닌데 굳이 모피라니. 그리고 귀고리와 목걸이, 반지를 장착하고 왔는데 파랗고 빨간 것이 사람들 눈에 띄기는 십상이죠. 액세서리를 안 할 때는 굵은 파마를 해서 부풀린 머리에 빨간 립스틱과 매니큐어로 화려함을 더합니다. 친구들은 집에서 보던 자신들 엄마의 옷차림과 매우 달랐기에 내 엄마의 그런 옷차림이 신기하기도 하고 멋져 보이는 모양입니다. 나는 그런 옷차림과 액세서리가 눈에 띄어서 너무 싫었던 거고요.

엄마는 일 년에 한 번, 이날 하루는 옷장에서 가장 멋지고 화려한 옷

을 입고 옵니다. 그래서 학교 선생님들도 친구들도 누구 엄마인지 금
세 알아차립니다. 육성회 엄마들이 학교 방문을 끝내고 돌아가면 담
임 선생님은 흐뭇한 미소로 나를 쳐다봅니다. 그냥 아는 척 안 하면
좋겠는데, 엄마를 알아보고 인사하는 선생님들도, 나에게 말을 거는
교장 선생님도 다 싫어집니다. 엄마는 바빠서 꾸미는 데 관심도 시간
도 없다면서 가끔 그렇게 영화배우처럼 화려하게 차려입습니다. 나는
그런 엄마가 싫기도 하고, 창피하기도 했습니다.

애들이 뭐래?
창피해!
엄마 멋있다지?
다음엔 그냥 보통 옷 입고 와!
선생님도 기가 팍 죽었겠지?
이젠 학교 오지 마!

엄마가 학교에 다녀온 날, 내가 집에 오면 엄마는 묻습니다. 우리는 동문서답하듯 각자 하고 싶은 말만 합니다. 엄마가 이렇게 화려하게 눈에 띄게 힘주고 학교 오는 이유가 있습니다. 내가 기죽고 지낼까, 무시라도 당하지 않을까, 염려하는 엄마는 엄마가 할 수 있는 방식으로 이렇게 모두의 앞에서 보여주는 것입니다.

엄마는 경상도 사투리에 목소리가 크고 단단해서 한마디 한마디 카리스마가 느껴집니다. 파마머리로 부풀리고, 빨간 립스틱을 바르고, 여기에 밍크 숄을 두르고, 마지막으로 굵고 강한 목소리로 선생님께 인사합니다. 그러면 엄마를 보는 사람들의 눈빛이 달라집니다. 딱 엄마가 원하는 눈빛으로 답례를 얻은 겁니다. 그러면 된 겁니다. 엄마는 그걸로 내 딸자식 기를 살렸다고 믿었습니다. 사실 그랬습니다. 그렇게 엄마가 하루 학교에 다녀가면 선생님들도 친구들도 나를 대하는 태도가 아주 조금은 달라졌으니까요. 나는 창피하다고 싫다고 해도 엄마는 엄마 식대로 내 기를 살립니다.

고향이 그리워서

꽃 피는 동백섬에 봄이 왔건만
형제 떠난 부산항에 갈매기만 슬피 우네
오륙도 돌아가는 연락선마다
목메어 불러봐도 대답 없는 내 형제여
돌아와요 부산항에 그리운 내 형제여

가고파 목이 메어 부르던 이 거리는
그리워서 헤매이던 긴긴날의 꿈이었지
언제나 말없는 저 물결들도
부딪혀 슬퍼하며 가는 길을 막았었지
돌아왔다 부산항에 그리운 내 형제여 ♬

_조용필 노래 〈돌아와요 부산항에〉

엄마 고향은 갈매기 슬피 우는 부산입니다. 부산에는 촌수로 따지면 한참 먼 외사촌과 이모 들이 살고 있습니다. 지금은 왕래한 지 오래되어 사실 얼굴도 가마득합니다. 지금 부산에는 엄마의 부모 형제는 살지 않습니다. 큰 외삼촌 가족은 일찍 서울로 올라가 터를 잡고 서울 사람이 되었습니다. 외할머니와 외할아버지는 엄마와 작은 외삼촌들을 데리고 대전으로 왔습니다. 얼마 지나지 않아 외할아버지는 돌아가셨습니다. 외삼촌네는 터전을 대전에서 경기도로 다시 대전으로 옮기며 생활을 이어갔습니다. 막내 외삼촌은 대전에서 우리와 함께 살다가 대구로 옮겨 간 후 지금까지 그곳에서 살아가고 있습니다. 지금은 손주까지 두었으니 노년은 대구에서 보낼 것입니다. 셋째 외

삼촌 내외 또한 오랫동안 대전에 살았는데 최근 자식들 따라 세종으로 이사했습니다. 둘째 외삼촌과 일부 나의 외사촌들은 결혼하고 직장을 잡고 아이를 키우며 대전 사람이 되었습니다. 외할머니가 돌아가시기 몇 해 전, 외삼촌네는 가족회의를 했습니다.

"고향인 부산에 남은 부모 형제가 더는 없다. 이제부터는 대전이 제이의 고향이다. 그리고 너희와 너희 자식들은 대전이 고향이다."

대전 근교에 선산을 마련했고 선산의 처음 주인은 할매가 되었습니다. 나는 사실 엄마 묘를 이곳으로 데려오고 싶었지만 출가외인이었습니다. 어쨌든 이후부터 외가의 고향은 대전이 되었습니다.

누가 내 고향을 물어보면 엄마와 나의 시간이 머물던 곳, 부산이라 말합니다. 아버지 본가가 금산 어디라고는 하는데, 사실 갈 일이 없어 내가 태어난 곳은 금산 말고는 주소도 모릅니다. 그러나 한 번도 고향 타령을 한 적은 없습니다. 고향은 태어난 곳이 아니라 오랫동안 살아온 곳이어야 합니다. 어린 시절과 학창 시절을 보낸 곳이지요. 살면서 되돌아볼 수 있는 추억이 깃든 곳, 돌아가고 싶은 시절을 보낸 곳, 내 가족과 함께 머물던 최초의 곳, 생각나는 곳, 가고 싶은 곳. 고향은 그런 겁니다.

엄마는 살아생전에 부산을 참 좋아했습니다. 부모와 형제자매가 어릴 때 함께 뛰놀며 자란 부산, 그중에서도 서면을 그리워했습니다. 항상 그곳으로 다시 돌아가고 싶어 했습니다. 우리를 데리고 큰 외삼촌 집이 있는 광안리에 갈 때면, 바닷가 근처에 사는 외삼촌을 많이 부러워했습니다. 엄마는 산보다 바다를 좋아했습니다. 오륙도도, 동백섬도, 광안리 앞바다도. 엄마는 섬이나 바다를 볼 때면 눈가에 눈물이 맺히거나 센티해졌습니다.

힘들면 힘들어서 고향을 생각했고, 좋으면 좋아서 고향을 떠올렸습니다. 언젠가 다시 고향으로 돌아가 살고 싶어 했습니다. 엄마에겐 고향이 그리움이고 희망이고 향수였습니다. 그러나 엄마는 결국 고향으로 돌아가지는 못했습니다.

그리움이 길어지면 새들은 고향으로 간다 했습니다. 고향이 그리워서, 고향이 보고파서, 아니 엄마가 그리워서, 엄마가 보고파서, 나는 엄마 애창곡을 듣습니다. 〈돌아와요 부산항에〉. 동백섬이 보이는 부산항, 그곳에 가면 바다 내음처럼 엄마 냄새를 맡을지도 모르겠습니다.

잠시 쉬어가라고
신발끈이 제 몸을 풀어헤칩니다

　일요일 아침, 뜨거운 여름볕 아래 열어둔 창 사이로 시원한 바람이 불어옵니다. 일요일 늦은 아침까지 계획 없이 방과 거실을 뒹굴며 심심하여라, 심심하여라, 노래를 부릅니다. 둘째도 밖에 나가지 않아 몸이 근질근질했는지 자전거 타자, 자전거 타자, 타령입니다. 바람 쐴 겸 운동도 할 겸 둘째와 자전거를 끌고 밖으로 나옵니다. 불과 몇 달 전만 해도 붉은 꽃, 노란 꽃, 사이사이 여러 색깔 꽃들이 천변 주위에 지천으로 깔렸었지요. 이번에는 멀리서 보아서는 잡초인지 잔디인지 모를 한여름의 짙은 녹색이 바닥에 누웠습니다.

　한여름 더운 공기와 시원한 공기가 번갈아 얼굴을 스칩니다. 두 어깨를 구부리고 두 발은 자전거 페달 위에 올려 천변 도로를 달립니다.

기분 좋아지는 이 느낌, 아시나요? 가던 길 멈추고 핸드폰을 꺼내 자전거 타는 아이 뒷모습을 찍고 나서는 다시 자전거 페달을 밟습니다. 한참을 달리다가 지천으로 핀 꽃밭을 배경으로 아이 사진을 또 찍습니다. 아이가 눈치챘는지 뒤를 돌아보고는 자전거를 세워 포즈를 취했습니다. 새초롬한 표정으로 꽃들을 가리키는 둘째. 누굴 닮아 그런 표정이 나오는지 바라보는 내 마음이 다 흐뭇해집니다.

휴대전화 카메라 프레임 속에 내 운동화가 보입니다. 신발끈이 또 풀어져 있습니다. 며칠 전부터 운동화 끈이 자꾸 풀립니다. 길을 가다가 멈춰서는 몸을 숙여 풀린 끈을 묶어놓으면 또 풀립니다. 오늘도 여지없이 운동화 끈이 풀려 있습니다. 다시 끈을 묶고 일어서려는데 아이가 자전거에서 내립니다.

"엄마 이 꽃이 뭐야?"

"응, 분홍꽃이네!"

"이건?"

"노랑꽃!"

"그럼, 이건?"

"응, 하얀 꽃. 토끼풀인가? 우리 저기까지 빨리 갔다가 맛있는 점심 먹자."

"엄마, 내가 무슨 꽃이냐고 물어봤잖아."

아이의 표정이 굳어지더니, "엄마는 또 그런다. 빨리빨리. 맨날 빨리빨리…" 입술을 앙다뭅니다.

내가 또 그랬네요. 모든 일에 시간을 확인하며 일을 끝내던 습관이 아이를 대할 때도 그대로…. 몸이 기억해~ 개그 프로그램의 지난 유행어처럼 나는 '빨리빨리', '어서 해!'가 몸에 배어 있나 봅니다. 밥을 먹을 때도 가족끼리 이야기하며 여유 있게 먹기보다는 '학교 가려면 늦어, 어서 먹어. 엄마도 빨리 치우고 나갈 거야' 합니다. 미술관에 가서도 한 작품을 느긋하게 보는 것이 아니라, 여기저기 둘러볼 것이 많다고 생각해서 오분 대기조처럼 겉핥기식으로 훑어보고 나옵니다. 역시 오늘도….

내 딴에는 아이와 자전거 타고 여유 좀 부릴까 나가자 하고는, 목적지를 정해 빨리 다녀와야 하는 꼴이 되어버렸네요. 그러니 가야 할 목적지만 생각하느라 가는 길에 핀 꽃이며 햇살이며 사람은 보이지 않았던 거죠. 신발끈이 풀려도 갈 길이 바빠 대충 매다 보니 곧 풀리고만 것입니다. 신발끈이 자꾸 풀리고, 같은 실수나 행동이 자꾸 반복되다 보니, 그런 나는 목적지도 없이 이리저리 날뛰는 고삐 풀린 망아지같아 보입니다.

잠시 쉬어가겠습니다. 하늘도 올려다보고 꽃도 마주 보고 뒤돌아 내 뒤에 오는 사람도 살피고요. 이번에는 바닥에 앉아 신발끈을 단단히 매어야겠습니다. 쉽게 풀리지 않도록 말이지요.

다음을 위한 준비를 하라고, 호흡 한번 내쉬라고, 신발끈이 풀렸나 봅니다.

신발끈이 풀리는 건
누가 나를 생각하는 거라고요?

신발끈이 풀리는 건 누가 나를 생각하는 거래요! 신발끈이 풀리면 잠시 쉬어가라고 말했더니 돌아온 대답이었습니다. 아. 신발끈이 풀리는 건 누가 나를 생각하는 거라고요! 울 엄마!!! 순간 엄마가 생각났어요.

뭔 소리만 하면 엄마, 우리 엄마 찾고 뭘 먹다가도 엄마, 우리 엄마 부릅니다. '내가 엄마에 대한 집착이 있나?' 싶지만 그래도 어쩔 수 없이 이십 년 전에 떠나보낸 엄마를 아직도 부릅니다.

내 삶과 경험과 생각 안에서 엄마가 빠지는 일은 거의 없습니다. 그렇다고 엄마의 그늘에서 허우적대는 것은 아닙니다. 어제도 오늘도 내일도 볼 수 있는 사람으로 생각할 때가 많습니다. 그래서 '엄마!' 하고 부르면 금방이라도 내 곁에 올 것만 같습니다.

신발끈이 풀린 건 내 딸과의 지난주 추억이었지만 다시 엄마 생각이 나는 것은 어쩔 수 없네요. 엄마는 백화점이나 마트를 자주 가지는 않았지만 한 달에 한 번 정도 부산에 가는데 그날은 꼭 나에게 뭔가를 사 오는 날이기도 했습니다. 나는 엄마에게 뭐가 가지고 싶다거나 필요하다고 먼저 말한 적은 없습니다. 여행 가면 기념품을 사듯 매번 가는 부산인데 엄마는 갔다 올 때면 내 것 뭐 하나씩은 꼭 사들고 옵니다.

초등학교 때 〈이티(E.T)〉라는 텔레비전 드라마가 가장 인기 있었습니다. 그즈음, 엄마는 바로 이 드라마 주인공인 이티 캐릭터 운동화를 사 왔습니다. 갈색 코르덴이 발등을 덮었고, 발 앞부분에는 하얀색 타이어 고무를 덧대었습니다. 그리고 운동화 끈이 묶이는 자리에는 끈 대신 밴드가 짱짱하게 박음질 되어 있었습니다. 나는 "또 이상한 거사 왔어, 안 신어" 투덜대며 새 운동화를 엄마 쪽으로 밀어냈습니다. 엄마는 주로 예쁜 거보다는 특이하거나 유행하는 것을 사주었습니다. 이왕 입는 거 제대로 눈에 띄라고…. 엄마는 새 운동화를 반강제로 신기고는 만족해하며 비밀을 말하듯 나직이 속삭였습니다.
"이거 미국에서 온 거야. 나이키보다 더 좋은 거야."

엄마를 이기지는 못했습니다. 다음날, 엄마 강요에 못 이겨 어쩔 수 없이 새 운동화를 신고 학교에 갔습니다. 친구들은 디자인이 예쁘다고, 특히 인기 드라마 주인공 이티가 그려진 운동화를 신은 나를 부러워했습니다. 아이들이 좋다고 하니까 '그런가?' 하고 기분이 좋아졌습니다. 신다 보니 끈이 풀리는 일이 없고, 신고 벗기가 편했습니다. 이후로 운동화 밴드가 늘어나 헐렁해질 때까지 그 이티 운동화만 신고 다녔습니다.

운동화 하나를 고를 때도 나 편하게 신으라고, 나 예뻐 보이라고, 즐거운 고민을 합니다.

지금이 제일 예뻐

딸과 함께 무역전시관에서 열린 〈모네 전〉에 다녀왔습니다. 요즘은 소극적 취미로 그림 보는 재미가 쏠쏠합니다. 그림이 좋다고 말하지만 직접 그림을 그리거나 그림에 조예가 있다거나 그림에 전문적인 지식이 있는 것은 아닙니다. 남들이 그림 좋더라, 이번 전시는 놓치면 안 된다, 이것은 꼭 봐주어야 한다, 하면 '그런가?' 하고 보는 정도입니다. 이번 전시도 그렇게 다녀왔습니다.

미술관에 들어서자마자, 입구 전면을 프롤로그와 모네 자화상이 차지하고 있습니다. 몇 발짝 움직여 안으로 들어가니 모네 그림이 디지털 기술의 힘으로 더욱 빛이 납니다. 그림 하나가 빔을 통해 커다란 벽 한 면을 채우니 일단 그림 크기에 감성이 압도당합니다. 알지 못하는 제목의 음악이 전시된 그림들과 제법 어울립니다. 미술과 음악은 다른 예술 영역이지만 조화가 잘 이루어져 배가된 작품성을 선사합니다. 여기에 예쁜 도슨트 설명이 니네게 모네라는 화가를 이해하고 그의 그림을 느끼는 데 큰 지침서가 됩니다.

그렇게 딸과 함께한 〈모네 전〉은 영화 한 편만큼 감동적이었습니다. 한 도시를 여행하고 온 뒤 느낄 수 있는 무게감 같은 것이었죠. 무엇보다 딸과 나는 이번 전시에 다녀온 이후로 모네에게 좀 빠져 있었습니다. 그림과 화가를 잘 모르는 딸은 어디를 가다가도 자연을 그린 그림을 보면 "모네가 그린 거야?" 하고 묻습니다. 모네라 쓰인 그림 앞에서는 한참을 들여다봅니다. 집에서도 모네 그림이 들어간 책을 뒤적거립니다.

덕분에 나도 모네 하면, 한 번 더 눈과 귀를 기울였습니다. 수련 연작을 그리며 잃어버린 시력과 작품 활동의 어려움이 드러난 모네 편지는 그의 그림만큼 유명합니다. 친구는 모네에게 편지-그것이 답장이었는지는 모르겠지만-를 보냅니다.

"지금이, 당신이 가장 좋은 때다."

그러니 낙담하지 말고 희망을 품고 그림 그리기에 열중하게나 친구. 뭐 이런 의미가 담겨 있지 않았을까요?

"지금이, 당신이 가장 좋은 때다."

그림의 미장센보다 그림이 완성되기 전, 그림을 그릴 수 있도록 영감을 주고, 용기를 북돋아주었을 이 한 마디가 자꾸만 머릿속에 맴돌았습니다. 활기참보다는 나른함을 가져다준 여름날 오후, 나는 뜬금없이 딸에게 묻습니다.

"엄마 이뻐?"

내 얼굴을 잠깐 들여다보며 딸아이는 답합니다.

"응~~ 지금 엄마가 제일 이뻐."

지금이, 내가 가장 예쁩니다. 내가 가장 예쁠 때입니다. 지금이 나에게 가장 좋은 때입니다.

엄마가 딸에게

　오늘도 여느 아침과 같은 일상 반복입니다. 모두가 나간 아침 여덟 시, 운동과 집안일을 시작으로 하루를 엽니다. 오늘은 아침 운동이 없는 날입니다. 현관문과 창문을 모두 열고 라디오를 켜고 세탁기를 돌립니다. 핸드폰이 울렸습니다. 며칠 전 언니에게 물건을 부탁했는데 도착한 모양입니다. 바빠서 올라오지 못하고 우편함에 물건 놓고 가니 내려와서 가져가라 합니다.

　일 층에 내려갔다가 우편함을 지나 아파트 현관을 나섭니다. 햇살이 좋아 화단 벤치에 앉아 있기 좋은 시간입니다. 벤치에는 엄마와 딸이 앉아 있습니다. 유치원 버스를 기다리나 봅니다. 노랑 유치원 가방은 엄마 무릎 위에, 그 가방 위에는 동화책 한 권이 올려져 있습니다.

아직 세수도 안 하고 간신히 카디건만 걸쳐 입고 나온 나는 옷차림이 무색해 카디건 앞 단추만 매만집니다. 그런 나와 대조적으로 딸아이 엄마는 말끔하고 단정한 옷차림으로 봐서 직장에 다닐 듯합니다.

아침을 걸렀는지 아이 손에는 모닝빵이 들려 있습니다. 아이는 엄마가 입에 가져다준 빵 한 입을 베어 물고는 두 발을 마주 대고 발 박수를 칩니다. 엄마는 아이의 팔과 다리를 쓰다듬더니, 이내 가방 위에 있던 책을 펼쳐 조용한 소리로 읽어 내려갑니다. 아이는 엄마에게 기대어 엄마 목소리 따라 책 속 그림을 보느라 고개가 좌우로 움직입니다.

졸린 애를 앉혀놓고 엄마가 뭐 하나 싶은 눈으로 본 것을 눈치챈 걸까요. 물론 나는 절대 그런 눈빛은 보내지 않았습니다. 엄마가 나와 눈이 마주치자 웃으며 얘기합니다.

"유치원에서 책 한 권씩 읽어오라고 했대요. 제가 늦게 퇴근해서 저녁에는 책을 못 읽어주거든요. 얘가 선생님이 낸 숙제라고 꼭 읽어가야 한다고 해서요."

본인도 아침부터 유치원생에게 책 읽어주는 게 머쓱했는지, 스스로가 유별스럽다 생각되었는지 그렇게 말하고는 웃습니다.

"직장 다니면서 아침에 이러기 쉽지 않죠. 엄마가 대단해요~."

엄마는 마냥 멋쩍어했지만 보는 나는 되려 기분이 좋았습니다.

아들이 아기였을 때부터 유치원 아침 등원 전에 습관처럼 하던 게 생각납니다. 아침에 어린이집이나 유치원에 가려고 신발을 신기 전, 현관 앞이나 거실 소파에 앉습니다. 그리고 아이를 들어 무릎에 앉히고 책 한 권을 읽어줍니다. 퇴근하고 집에 돌아오면 저녁 먹고 치우고 애 재우다 보면 시간이 왜 이리도 빨리 지나는지 책 읽어주기를 깜빡할 때가 있거든요. 그래서 이렇게라도 아이에게 정성을 보이자, 그런 거였죠. 아이가 어른이 되어 엄마가 아침에 나에게 책을 읽어주었지, 요거 하나 정도는 기억해달라고. 그냥 아침 추억거리가 있으면 좋을 것 같아서 했던 거죠. 물론 지금은 책 한 줄보다 아침밥 한 숟가락 떠먹이는 게 더 중한 일이 되었지요.

다시 시작해보려고요. 이번에는 아들 대신 딸입니다. 첫째에 신경 쓰다 보니 바쁘고 지쳐서 둘째까지 마음과 행동을 다하지 못했습니다. 첫째에게 쏟던 정성을 둘째에게는 놓친 게 많습니다. 그중에 책 읽어주기와 이야기 들어주기는 나보다 둘째가 더 갈구하는 부분입니다.

아침 추억은 어렵겠고 밤 추억을 만들기로 했습니다. 책을 읽어주는 대신 책을 읽어달라고요. 자기 전에 이런저런 얘기를 하다가 자는데 여기에 책 한쪽 읽기를 더해보려고요. 책 안 읽는 딸을 위해 책도 읽히고, 같은 글을 접하면 또 이야기가 생기진 않을까 합니다. 읽던 책도 덮고 휴대전화와 한 몸 된 사춘기 딸애가 기적의 밤, 책 읽기와 추억 쌓기를 순수히 따라줄지는 모르겠네요. 언제나 엄마와의 시간을 원하던 아이니 이 시간이 괜찮게 흐를 거라는 생각도 듭니다. 어쨌든 일거양득을 노려봅니다.

아이가 커서 무릎에 앉힐 수는 없으니, 침대에 같이 누워 하늘자전거 타면서 오늘 하루를 이야기합니다. 그런데 꼬리에 꼬리를 무는 이야기 들어주느라 삼십 분을 넘기고 결국엔 "늦었다. 이제 자자" 했네요. 내일부터는 십 분 일찍 잠들 준비를 해야겠네요. 여자들의 수다는 끝이 없으니 삼십 분 내로 마무리하도록 하겠습니다.

이름대로 살겠습니다

신선 선(仙).

물 하(河).

선하….

물은 도에 가깝다.

도를 이루는 신선이 되면 중생이 사는 아래로도 물이 되어 흐르는가.

하(河), 참 예쁘게 다가오네.

며칠 전, 지인에게 문자를 받았습니다. 내 이름에 이렇게 깊은 뜻을
담아주시다니 감사하고 뿌듯한 날이었습니다. 이름을 한자와 함께 써
주었더니 그것을 기억하고 문자를 보내신 겁니다. 내 이름에 담긴 깊
은 뜻을 다시 한번 생각해본 날이었습니다.

모임이나 여럿이 함께한 자리에서 나를 소개해야 할 경우가 종종 있습니다. 그러면 나는 칠판에 (칠판이 없으면 종이에도 씁니다) 이름을 한 자로 쓰고 이름 풀이를 합니다. 김선하. 참 심심한 이름이지요. 별 뜻도 없고 딱히 독특한 느낌도 없는 그저 그런 묻혀버리기 쉬웠을 이름.

"신선 선(仙), 물 하(河). 안녕하세요, 제 이름은 선하입니다. 신선이 물에서 노니듯 유유자적하며 살 수 있다면. 제 이름대로 그렇게 여유로울 수 있다면 좋겠습니다."

이렇게 내 이름을 풀어 이야기해줍니다. 그러면 대부분 "아~~~! 그런 뜻이 있구나. 듣고 보니 이름 참 예쁘네", "이렇게 이쁜 이름이었어? 이름 기가 막히게 좋다!" 하면서 감탄하지요. 나는 내 이름이 마음에 듭니다. 되새길수록 참 멋진 이름입니다.

김선하. 처음부터 마음에 든 것은 아니었습니다. 학교 다닐 때 내 이름은 그냥 흔한 이름-제 또래의 여자아이들이 많이 썼던 선화, 혹은 선아라는 이름-에 묻혀 김선하보다는 김선화 혹은 김선아로 불릴 때가 더 많았습니다. 헷갈리는 이름이 싫었고 매번 천천히, 또박또박 발음해줘야 하는 상황이 귀찮아서 때로는 선화나 선아로 불러도 그냥 지나칠 때가 있었습니다. 이름이 딱히 맘에 든 것이 아니었기에 뭐라 불리어도 크게 문제될 것도, 서운할 것도 없었으니까요.

곰곰이 생각해보았습니다. 신선 선, 물 하. 무슨 뜻으로 지은 걸까? 엄마는 나를 키우면서 팔자 얘기를 많이 했습니다.

"나는 남편 복이 없어. 부모 복도 없어. 너는 엄마 팔자 닮으면 안 돼. 그래서 수양엄마를 얻을 거야. 네 수양엄마 될 사람, 동네에서 사람 좋기로 소문났어. 집도 임장이게 잘살아. 그 집 애들도 다 잘됐잖아. 너도 잘 클 거야."

엄마는 내가 무조건 잘살기만을 바랐습니다. 내가 사내로 태어났으면 정치가도, 대통령도 할 사람이라고. 나는 그런 큰 꿈을 꾼 적이 없는데 엄마는 내가 큰사람이 될 거라고 주문처럼 말했습니다. 여장부가 되라고 수양엄마를 들이고 그 수양엄마와 함께 이름을 지었습니다. 그런데 이름 풀이를 해달라 하면 그냥 좋은 이름이라고만 할 뿐 딱히 의미는 없어 보였지요.

중학교 새 학년이 되어 자기소개 시간에 담임 선생님이 출석을 불렀습니다.

"김선하! 김선하? 선화 아니고? 선아 아니고? 선하? 착할 선, 물 하?"

별 뜻 없는 이름이네 하는 표정이 내 기분을 언짢게 했습니다. 내 이름에 날개를 달아주기로 했습니다. 뭔가 뜻이 있을 거야. 뜻을 찾아야 해. 종이에 한자를 크게 쓰고 한참을 뚫어져라 쳐다보고 생각했습니다.

어느 날 책에서 신선도를 보았습니다. 백발 신선이 하얀 도포 자락을 휘날리며 바위 위에 앉아 있습니다. 흐르는 강물을 바라보며 시를 읊습니다. 신선의 얼굴에 자리 잡은 주름은 세월의 고난보다는 지혜로 보입니다. 자연과 아주 잘 어울리는 신선은 그야말로 자유로운 영혼입니다. 나는 개인적으로 물을 좋아합니다. 물에서 노는 것도 좋아하고 물고기도 좋아하고 산속 계곡도 좋아합니다.

'아하, 신선이 물에서 노는구나. 그냥 흥청망청 노는 것이 아니구나. 노는 데도 기품이 있구나. 분명 열심히 살았기에 휴식이 꿀맛이겠구나. 그렇구나. 그림 속 신선은 향유를 즐길 줄 아는구나. 그래, 내 이름은 신선이 물에서 노는 거였어. 비록 놀더라도, 제대로 노는 거였어. 의미 있는 시간을 보내는 거였어. 나는 의미 있는 시간을 보낼 거야. 나는 의미 있는 사람이야.'

꿈보다 해몽인가요? 수양엄마는 그런 마음으로 이름을 지어준 게 아니었을까요. 나는 의미 있는 특별한 여자아이로 다시 태어났습니다. 이후로 내 이름에 자부심을 품게 되었습니다. 이름에 걸맞게 멋진 사람이 되어 남들과 좀 다르게 살아야지, 생각했습니다.

뭘 하는 것 같지는 않은데, 사는 게 뭐 그리 바쁘다고, 여유 부릴 새 없이 이리저리 종종걸음입니다. 가던 길 멈추고, 하던 일 잠시 멈추고, 이름대로 좀 쉬어보겠습니다. 이러이러하게 딱히 무엇을 하며 쉬겠다는 것은 아닙니다. 그냥 여기 앉아 고개 들어 하늘 한번 바라보고 옆 사람 한번 쳐다봐주겠다는 것입니다. 그리고 다시 가던 길을 가겠습니다. 지치지 않게 요란스럽지 않게, 신선이 노닐듯 그렇게 말입니다.

시간이 없다는 것은 마음이 없다는 겁니다

시간이 없어서 책을 못 읽었어

가고 싶은데 통 시간이 나지 않네

지금은 안되고 다음에 밥 한번 먹자

진짜 하고 싶은데 지금은 너무 바빠

시간이 없어서, 는 하기 싫은 걸 에둘러 하는 말입니다. 마음이 없을
때 가장 번드르르한 변명이 시간 핑계인 거죠. 책 읽기가 싫은 거고,
거기에 꼭 가고 싶지는 않은 겁니다. 지금은 밥 한번 먹는 거보다 더
중요한 일이 있는 겁니다. 시간이 없다는 것은, 다른 것이 우선시되어
지금은 마음을 내기 어렵다는 겁니다.

시간은 내야 시간이 되는 겁니다. 하루 스물네 시간이 모두에게 주어진다지만 그냥 오는 게 아닙니다. 시간이 내 곁에서 언제나 머무는 게 아니지요. 시간은 내가 만드는 것입니다.

나는 잠들기 전에 머릿속에 다음 날 내가 할 일을 대충 그려봅니다. 좀 더 중요하거나 큰일이라면 좀 더 구체적으로 생각을 하고 단단히 준비해둡니다. 하루 동안 아침, 점심, 저녁 반복되는 일상의 패턴이 있고 여기에 주마다 반복되는 주간 패턴이 있고, 그날그날 특별한 일이 있을 수 있습니다. 그런데 평소보다 내가 좀 더 하고 싶은 일이 있거나 큰일이 생기면 '오늘은 중요한 날이니까 책 읽기는 하루 미루자. 오늘은 어딜 다녀왔으니 집 청소는 내일 하면 되겠지' 합니다. 평소 지루했던 일, 귀찮아서 하고 싶지 않았던 일이 뒤로 밀립니다.

이번 주는 뭐가 바쁜지 아침에 해야 할 일 중에 아침 기도를 연이어 빠뜨렸습니다. 이렇게 중요한 일이 생기면 매일 하던 일들을 살짝 건

너뛰기도 합니다. 오늘은 너무 바빴어, 그러니 오늘 하루는 패스. 이렇게 스스로 합리적인 이유를 댑니다. 그러면서 운전하는 동안 블루투스로, 집안일을 하면서 휴대전화로, 녹음해둔 기도문을 듣기는 했습니다. 기도만큼은 거르지 않으려는 나의 차선책이지요.

매일매일 오십 쪽 이상 책을 읽는다는 새해 약속을 주말에는 자꾸 놓칩니다. 지난달부터 새로운 일정이 생겨서 또 바쁘다는 핑계가 따라붙습니다. 아침에 한 시간만 일찍 일어나면 해결되는데 말이지요. 사실 새로운 것에 한눈을 파느라 지겨웠던 책 읽기가 더욱 하기 싫었던 것이지요.

엄마는 중요한 일, 재미있는 일이 있는 날일수록 일찍 일어나서 그날그날 반복되는 일을 먼저 했습니다. 운동을 시작한 날부터는 운동 시간을 피해서 약속을 잡았던 기억이 납니다. 잠도 없나 싶으면 오늘은 할 일이 많아서라고 합니다. 하고 싶은 일, 해야 할 일이 많았던 엄마는 시간을 내고 쪼개어 이것저것 해냈습니다. '바빠서 다음에!'라는 말은 하지 않았습니다. 여행이 가고 싶으면 일을 더 많이 해두고 여행을 갔습니다. 부산을 다녀오는 날은 밀린 일을 하느라 더 늦게 자고 더 일찍 일어났습니다. 그렇게 엄마는 하고 싶은 일을 위해 하고 싶지 않은 일을 했습니다. 큰일을 앞두고는 작은 일에 소홀하지 않았습니다. 엄마는 때때로 요령도 부리고 꾀도 부렸지만, 하루하루 반복된 일상을 미루거나 허투루 보내지 않았습니다. 나에게 엄마는 바쁘게 열심히 살았던 부지런한 사람이었습니다.

일에는 우선순위가 있습니다. 그렇다고 평소 하던 반복된 일들이 큰일에 밀려서는 안 됩니다. 기본을 지켜야 하듯이 보통의 날들을 꼭 지켜야 합니다. 매번 시간이 없어서, 너무 바빠서, 뻔한 핑계로 하기 싫은 것을 가볍게 생략해버리는 듯합니다. 시간이 나지 않지만, 어찌되었든 만들어서 내는 것. 우선순위가 있다면 남은 시간은 분명 양보할 수 있는 것일 테지요. 오늘 서울에 다녀오느라 평소 하던 일들을 하루 미루려 했습니다. 안 되겠지요. 하루가 가기 전에 못 읽은 독서량도 채워야겠습니다. 현관 앞에 쌓아둔 종이상자도 일 층에 내려놓고 와야겠습니다.

지금 만나는 당신이 나입니다

'인맥 만들기, 친구 찾기, 라인업. 지금 만나는 사람이 나다.'

표현이 재밌습니다. 사람을 분류한다는 게 좋은 것은 아니지만 재미 삼아 한 번 해봤네요. 누구와 무엇을 하면서 시간을 보내는지, 가장 재밌는 친구는 누구인지, 내 속을 보이는 사람은 누구인지, 누구와 함께 있을 때 가장 위안이 되는지, 궁금해진 김에 수첩을 꺼내 종이 한가운데 동그라미를 그립니다. 곧 그 동그라미 안에 내 이름 석 자를 적습니다. 그리고 내가 만나는 사람들을 가지치기하듯 분류해봅니다.

한참을 쓰고 그립니다. 내가 생각했던 것보다 '주변에 이렇게 많은 사람이 있었나?' 싶은 거죠. 일 때문에 만나는 사람, 엘리베이터에서

만나면 인사 정도는 하는 사람, 그냥 그런 사람. 하지만 그런 몇몇 사람을 제외하고는 내가 만들어본 사람 관계도에 훨씬 많은 열매를 달고 있어 우선 위안이 되었네요.

적어도 관계를 위해, 인맥을 위해 사람을 만난 것은 아니라는 생각에 안도감이 듭니다. 참 다행입니다. 어쩔 수 없이 나가는 모임, 피하고 싶은 사람을 만나는 경우는 거의 없습니다. 싫은 사람, 불편한 사람, 피곤한 사람을 만나느니 차라리 혼자 있는 편입니다. 할 일도 많고, 시간도 없는데, 만날 사람도 많은데, 귀한 시간 내서 즐겁지 않고 후회하는 시간은 만들고 싶지 않습니다.

다행히도 나는 사람 복이 많구나 싶습니다. 사람들을 분류하고 나누어 사귀는 것은 아닌가 해서 '이렇게 분류하는 것이 계산적인가? 이기적인가?' 생각해봤는데 꼭 그렇지는 않았습니다. 어떤 무리는 술자

리가 편하고, 또 어떤 자리는 여행을 같이 가고 싶습니다. 어떤 모임은 셀카를 찍어 웃음을 주고, 어떤 날에는 아이를 상담해주고 조언도 해줍니다. 이렇게 저렇게 분류해보니 지금 나의 모임이나 사람 중 어느 하나 버릴 것이 없네요.

동문, 동료, 동향, 동네 사람들. 다양한 형태로 어쩌다 만나거나 자주 만나거나 그들과 시간을 갖는 동안에는 피곤한 사람보다 다시 보고 싶은 사람이 되어야겠습니다.

내 엄마는 사람들을 좋아하고 사람들과 시간 보내는 것을 낙으로 여겼습니다. 세상에서 가장 바쁘고 할 일 많아 사사로운 정에 인색한 사람이 엄마였습니다. 그런데도 엄마를 필요로 하는, 꼭 만나야 할 사람이 있으면 열 일 제치고 만납니다. 밥값을 아까워하는 엄마지만, 형제들이 어렵다면 주머니를 털어 죄다 쥐여주는 사람입니다. 사정이 어렵다면 게을러서 그렇다느니 멍청하게 굴지 말라느니 모진 말을 하면서도 결국엔 도와주고 마는 사람이 엄마입니다.

"거지도 친구가 되어야 해. 동전 하나가 마중물로 시작하듯 선거에서 거지 한 표가 대통령 당선에 결정적일 수 있어."

언젠가 대통령 선거 때, 뉴스를 보다가 엄마가 말했습니다.

오늘 사람 분류를 하면서 사람은 그 자체로서 소중하고 존중되어야 한다 생각했습니다. 서로에게 생각과 가치관이 다를 뿐 그렇다고 그 사람이 나쁜 것은 아니라 생각하니 모두가 좋아졌습니다. 이 사람은 이래서 좋고, 저 사람은 저래서 좋고, 그렇습니다. 어느 정도 단점도 있지만, 장점을 찾자고 들면 장점이 더 많은 게 내가 만나는 사람입니다. 오늘 나와 함께해주는 사람 한 명 한 명, 모임 하나하나가 다 좋은 사람, 괜찮은 무리입니다. 그리고 그 속에 내가 있습니다. 내가 만나는 사람이 나입니다. 좋은 사람을 만나면 나는 좋은 사람이 됩니다. 좋은 내가 되기 위해 모두에게 진심으로 마음을 다해야겠습니다. 오늘도 나와 만난 당신, 당신은 참 좋은 사람입니다. 친애하는 당신, 나는 당신을 좋아하고 존경합니다.

당신은 꿈꿀 시간을 주는 엄마인가요?

　겨울 방학 이 주가 지나갑니다. 아이 둘을 키우는 반 워킹맘(시간제 오후 출근합니다)이지만 두세 개의 취미 활동을 하느라 오전 오후가 바쁘기는 워킹맘과 매한가지입니다. 이리저리 다니느라 바쁘지만 바쁘다고 말하지 않는 이유는 내가 좋아서 하는 일이기 때문입니다. 그럼에도, '엄마 철칙' 중 하나가 '취미 활동은 아이들이 학교에 간 시간에만 한다!'입니다. 그 때문에, 방학 동안에는 하안거, 동안거를 선언하고 칩거에 들어갑니다. 바깥 모임에는 나가지 않고 혼자 취미 활동을 하며, 가능한 한 아이들과 함께 있는 시간을 가지려 합니다.

　아이들이 어릴 때는 방학 중 도서관 한 달 살기, 집에서 캠프, 미술관 습격 등 한 달 프로젝트를 만들어 알찬 시간을 보냈습니다. 아이들이 크고 학원에 다니고 입시를 앞두고부터는 개인 스케줄로 각자 생활이 우선입니다. 가족 모두가 함께 무엇을 한다는 게 쉽지 않습니다. 집에서 끼니를 챙겨주고 가끔 "엄마!" 하고 불러주면 대기하고 있다가 대답해주는 것으로, 나의 방학 생활을 이어갑니다.

엄마 이야기를 다시 해볼까 합니다. 엄마는 남편 없이 혼자 벌어 애를 키워야 하는 언제나 바쁜 엄마였습니다. 제때 끼니를 챙겨 먹을 시간도, 잠잘 시간도 없다는 그렇게 바쁜 엄마는 배우기도 하고 여행도 다니고 그래서 더 바빴나 봅니다.

엄마와의 추억과 그때의 감정이 생생한 이유는 엄마가 나와 함께할 때는 언제나 엄마보다 나를 위한다는 생각이 들었기 때문입니다. 엄마는 시간이 나면 쇼핑을 하거나 텔레비전을 보는 대신 여행을 가고 친척 집을 방문합니다. 여행을 간다는 것은 절에 간다는 것일 테고, 친척 집을 방문한다는 것은 금산 인삼을 사서 부산으로 장사하러 간다는 것입니다.

볼일 보러, 일하러 가는 길이었지만 돌아올 때 엄마는 나를 위한 시간이 되도록 볼거리 즐길 거리를 마련했습니다. 그래서 엄마와 어디를 가서, 무엇을 먹고, 보고, 샀던 정확한 기억보다도 그때의 좋은 감정이 남아 있습니다. 엄마는 언제나 내가 최고로 살기를 바랐는데, 그러기 위해 최고의 경험을 강조했습니다. 기왕이면 좋은 것을 먹고, 좋은 것 입고, 좋은 것을 경험하라 했습니다.

'좋은 것'에서 '최고로 좋은 것으로 기교 수준이 높아졌습니다. 언제나 '너는 잘할 거야. 최고가 될 거야' 하며 엄마가 이루지 못한 꿈에 한이라도 맺힌 듯 나에게는 부담스러운 '최고'라는 단어를 좋아했고, 특히 나에게 쓰기를 좋아했습니다. 엄마는 그랬습니다. 살면서 남에게 무시당하지 말고 꿋꿋하게 잘 살아, 라는 말을 너는 최고야, 라는 말로 대신했습니다. 어쩌면 혼자 키우려니 힘들어서, 잘 키우지 못할 거 같아서, 그게 겁이 나서, 기죽지 말고 무시당하지 말고 살아달라는 당부를 최고가 되라는 말로 대신했는지도 모릅니다.

스토너, 아버지

　새벽 여섯 시. 남편은 알람 없어도 정해진 아침 시간에 일어납니다. 야근하거나 술을 마시고 집에 늦게 들어오더라도, 어김없이 제시간에 일어나 사우나에 다녀옵니다. 현관에 배달된 새벽 배송 보랭백을 식탁 위에 올려놓고는 옷을 갈아입고 거실 소파에 앉아 리모콘을 손에 쥡니다.

　남편의 바스락 소리는 내 아침 알람입니다. 침대를 정리하고 주방으로 나옵니다. 아침밥이라야 특별할 게 없이 달걀 프라이 두 개면 됩니다. 전날 남은 국을 데워 반찬과 내주기도 하지만 표정이 별로입니다. 입맛에 맞지 않으면 조용히 식탁에서 일어나 주방 쪽으로 갑니다. 손수 달걀 프라이를 해서 식탁으로 돌아오지 않고 선 채로 먹습니다.

평소 식탐이 많은 남편이지만 아침밥 메뉴는 이게 다입니다. 아침상 차리느라 신경 쓸 일 없으니 이렇게 먹는 식성이 오히려 다행이다 싶습니다.

아침 식사가 끝나면 남편은 큰애와 함께 나갑니다. 아이를 먼저 학교에 내려놓고 회사에 도착하면 십여 분 남습니다. 사무실로 바로 들어가지 않고 차에서 잠깐 기다리면서 휴대전화를 봅니다. 회사 문이 열리면 출근 시간에 맞추어 차에서 나와 사무실로 들어갑니다.

상사와 동료에게 인사를 합니다. 회의실과 상담실을 오가며 오전 업무를 하다 보면 어느새 점심시간입니다. 고객을 응대하는 회사라서 점심시간을 정해 업무를 멈추지는 않습니다. 두 명씩 짝을 지어 교대로 점심을 먹습니다. 회사 근처 식당에서 점심을 먹고 나와 동료와 잠시 이야기를 나누다가 사무실로 들어옵니다. 오후에는 외근 나갈 일이 많아 현장에서 일하다가 바로 퇴근을 하기도 합니다.

집에 오는 길에 시댁이나 제2 사무실에 들르기도 하지만, 보통 일곱 시 전후로 집에 옵니다. 평일에는 내가 더 늦게 들어오니 아이들과 저녁을 먹습니다. 요즘은 아이들 학원 시간 맞추느라 밖에서 먹는 날이 많아지다 보니 저녁은 거의 혼자 먹습니다. 밖에서 에너지를 다 쓰고 돌아와 더는 무엇도 하고 싶은 마음 없어 텔레비전을 켭니다. 늦은 저녁, 가족 모두가 들어오면 '왔어?' 한마디 하고 방으로 들어갑니다. 침대에 누워 휴대전화를 보다가 잠을 잡니다. 일주일에 세 번 아이들 학원에서 픽업 알람이 울리면 잠깐 나갔다가 들어옵니다. 그러고 다시 잠자리에 듭니다.

어쩌다가 한 번 있는 야근 회식을 제외하고는 거의 똑같은 일상이 반복됩니다. 주말에도 당직과 제2 사무실을 점검해야 하니 평일과 또 다를 게 없습니다. 아침부터 밤까지, 월요일부터 일요일까지, 일상은 일 년 동안 큰 변화가 없습니다.

나와는 대조적인 하루가 참 심심하고 지겹겠다 싶어서, 아침 운동으로 수영이나 헬스를 권합니다. 많은 사람과 대면하니 불편하고, 운동하러 차를 타고 나가는 것이 번거로워 싫다 합니다. 집에서 가깝고 익숙한 장소인 사우나가 제격이라며 아침 사우나는 거르지 않습니다. 사우나에서 조용히 하루를 맞는 아침은, 남편이 느끼는 가장 신성하고 편안한 시간이며 하루의 시작인가 봅니다.

다들 이렇게 사는가요. 누구 아빠는 여행이 취미라서 아이들 데리고 여기저기 다니느라 바쁘다던데, 누구네는 아빠가 운동을 좋아해 아이들 데리고 경기장도 갔다는데, 캠핑을 좋아하는 아이들을 데리고 다니느라 하루도 집에 있는 시간이 없다는데. 하루, 일주일, 한 달은 어찌 이렇게 뻔하게 지낼 수 있는지 그 속이 궁금합니다. 지루하지 않을까? 사는 게 재미있을까? 나와 반대인 사람이라 생각하며 살지만,

보는 나는 사실 좀 갑갑합니다.

정말 이렇게 지내는 게 편안할까요? 그렇다면 다행이지만, 혹시 그
런 게 아니라면? 놀고 싶은데 놀 줄 모르고, 하고 싶은데 정작 본인이
뭘 하고 싶은지 모르고, 어떻게 시작해야 할지 몰라 그런 거라면 안타
까운 일인데 말이지요. 가장이니까. 가족을 책임져야 하니까, 사는 것
도 버거우니까, 하고 싶은 대로만 할 처지가 아니니까, 밖에서 에너지
를 소진했으니까 하고 싶은 것 참고 살다가 아무것도 하지 않는 사람
이 되어버린 것은 아닐까요. 지루한 하루하루가 반복되는데 그냥 그
렇게 사는 거야 하며 버티고 있는지도 모르겠습니다.

책임감만 있고 버팀목이 없으면 삶의 여유가 없겠지요. 여유가 없
으니 자신을 위해 무엇을 할지 자신만의 삶을 생각하거나 주변을 돌
아볼 여유도 없을 테지요. 그냥 이렇게 일상의 지루한 반복을 무디게
버티고 있을지도요. 그런 거라면, 남편은 가족을 위한 가장의 위대한
일상을 사는 거라는 생각이 듭니다. 가장의 위대함은, 아버지의 무게
는, 이런 버거움을 무디게 견디는 것인가요. 그래서 그 어깨가 더욱
버거워 보입니다.

아버지는 힘들어도 소리 내어 울지 않고 참는다

아버지는 아파도 아프다 하지 않고 그저 참고 버틴다

아버지는 울지 않고 참는 법을 먼저 배웠다

누가 아버지는 그래야 한다고 가르쳤을까

아들은 울지 않는 거다, 사나이는 참는 거다, 했단다

아버지가 된 사나이는 그래서 소리 내 울지 않고 참는가 보다

지금 행복해야 한다

드라마 〈이상한 변호사 우영우〉 때문에 살맛 났던 일인입니다. 방영 에피소드 중 '어린이 해방'에서 어린이 해방군 총사령관이 하는 대사입니다.

하나, 아이들은 지금 당장 놀아야 한다
둘, 아이들은 지금 당장 건강해야 한다
셋, 아이들은 지금 당장 행복해야 한다

엄마가 생각하는 방학과 아이가 바라는 방학은 다릅니다. 학원 특강과 학교 특별활동 하느라 방학은 휴식과 쉼보다는 다음 학기를 준비하고 지난 학기를 보충하는 시간이 되었습니다. 아이들은 한여름을 더위 아닌 공부와 싸우는 중입니다. 지금 사는 세상이 그렇게 살아야 한다면, 다른 뾰족한 수가 없다면, 따라야 하지요. 드라마처럼 학교와 학원 안에서 고군분투하는 아이를 보면, 내 자식 잘되라고 그러는 것이겠지만, 얼마나 잘 살려고 이러나 안쓰럽습니다.

방학이면 아이만 바쁘고 힘든 것은 아닙니다. 아이 방학이 엄마 개학이라는 말이 있습니다. 아침부터 밤까지 몸이 둘 아니 셋이라도 모자랄 지경입니다. 학교에 가지 않아도 되니 아침 깨우는 것부터가 큰일입니다. 방학이니까 좀 늦게까지 재워야지, 했다가도 일어나라는 말이 없으면 한낮까지 잘 기세입니다. 억지로 아이를 깨워 아침밥이라고 뭐라도 하나 먹여야 마음이 놓입니다.

아이들 잠자리며 식탁을 치우고 청소기 한번 돌리면 "엄마, 점심은 뭐야?" 소리가 들립니다. 아이 어릴 때는 먹는 것만 봐도 좋아서 열심히 밥하고 반찬 만들어도 힘든 줄 몰랐습니다. 이제는 식성과 취향이 다른 두 아이 입맛에 맞추고, 각자 일정에 밥 차려내는 것이 여간 고돼야 말이지요. 하루 세 끼 다 차려 먹이기가 힘들어 한 끼 정도는 포장이나 배달음식으로 해결하고, 이렇게 저렇게 머리를 굴리며 한 끼한 끼를 말 그대로 이번 한 끼만 넘어가자 하는 마음으로 해치웁니다.

점심을 먹고 나서는 한숨 돌리는가 싶으면 오후 출근 시간이 다가옵니다. 그전에 간식과 저녁거리도 챙겨놓아야 합니다. 시간이 촉박

하거나 먹을 것이 마땅찮을 때는 식탁 위에 카드를 놓아두고 허둥지둥 해방을 맞이하듯 집에서 나옵니다. 일하면서도 간간이 아이들이 보내는 문자에 답을 하고 저녁밥을 생각하며 머리와 손은 멀티가 되어야 합니다.

퇴근 시간입니다. 피곤한 몸을 침대에 딱 눕히고 싶은 마음으로 운전대를 잡습니다. 일 분이라도 먼저 집에 도착하려는 조바심으로 시내 한복판에서 자동차 경주하듯 액셀을 밟습니다. 현관문을 열자마자 현실이 눈앞에 나타납니다. 아이들은 "엄마?" "엄마!" 부르며 이것 찾아달라, 저것 해달라, 뭐가 먹고 싶다 합니다. 다시 앞치마를 두르고 세탁기를 돌리고 질문에 답을 하고 엄마 전용 영역인 거실과 주방을 동동거리며 행군합니다.

어린이 해방군 총사령관이 이런 엄마들의 모습을 보았다면, 이렇게 선언했을지 모릅니다.

하나, 엄마들은 지금 당장 놀아야 한다
둘, 엄마들은 지금 당장 건강해야 한다
셋, 엄마들은 지금 당장 행복해야 한다

첫 번째가 놀아야 한다, 이 대목에 수정을 요구하겠습니다. 지금 엄마들은 놀고 싶지 않습니다. 당장 하루만이라도 쉬고 싶습니다. 체력

소진에 기가 다 빠져 있으니 건강에 빨간불이 켜졌습니다. 엄마가 아프면 아이 밥은 누가 차리나요? 아이 밥을 위해서도 엄마는 아프면 안 됩니다. 아플 수가 없습니다. 지치고 고단한 엄마는 방전된 배터리를 부여잡고 의지해서 하루를 버팁니다. 그런데 행복할 수 있을까요? 엄마가 행복해야 아이들이 행복하고 가족이 평화롭습니다. 엄마들은 지금 당장 쉬어야 하고, 건강해야 하고, 행복해야 합니다. 다 가족의 평화를 위해서 말이지요. 아이와 함께 보내는 시간이 좋습니다. 하지만 아이 방학이 끝나고 엄마 방학이 시작되는 날이 더 기다려지는 마음을 숨기지 않겠습니다.

발바닥 불사

주말에 경북에 있는 사찰에 다녀왔습니다. 우스갯소리로 하는 말이 있지요.

'명산에 가서 기 좀 받자.'

딱 그런 마음으로 절에 갔습니다. 코로나19 이후 여행지는 주로 사찰이거나 사찰 있는 공원과 산입니다. 사찰 입구 공영주차장에 차를 주차했습니다. 사찰로 가는 길은 흙길은 아니지만, 도로포장이 부드럽지 않아 걷기가 편하지는 않습니다.

주차장에서부터 십여 분 걸어가 일주문을 향하는 길에 발을 들이면 그다음부터 모든 감각은 호사를 누립니다. 깊은 산속 짙푸른 나무들은 산소탱크를 매달아놓은 듯, 방금 씻고 나온 듯 상쾌합니다. 숲길

사이로 흐르는 물은 깨끗하여 눈이 정화되고, 흐르는 물소리는 고요하여 귀를 씻어줍니다. 사찰에 오르기 전 복잡하던 마음과 정신은 다 들어지고 평화로워집니다. 그래서 절에 가나 봅니다. 사진을 잘 못 찍는 나도 사진을 찍으면 멋진 풍경 사진이 됩니다. 시간 없어 못다 한 이런저런 이야기도 풀어놓습니다.

이른 아침에 출발한 덕분에 오전 사찰 주변 산책이 여유롭습니다. 천천히 거닐며 사찰에 도착합니다. 돌담에 걸어둔 부처님 말씀을 차근차근 읽어보니 어느 글귀 하나 버릴 것 없는 큰 가르침입니다. 법당에 들어가기 전에 우물가로 향합니다. 조그마한 표주박에 물 한 모금 마시면 그동안 쌓였던 스트레스며 걱정거리들이 일순간에 달아납니다. 물속에 영양제를 타놓았는지, 기라도 쏟아부은 것인지 힘이 납니다. 곧장 법당으로 들어가 백팔배를 해도 좋을 만큼 에너지가 생깁니다.

법회 시간이 되어 법당 안에 방석을 깔고 삼배한 후 그 위에 앉았습니다. 스님의 법회는 열 시 삼십 분이 되자 바로 시작되었습니다. 늦게 들어오는 사람들이 자리를 잡느라 잠시 어수선했습니다. 몇 분 지나 법당 안은 다시 엄숙한 분위기가 되었고, 그러던 찰나에 어디선가 휴대전화 벨이 울리니 소리를 줄이느라 고개를 숙인 채 허둥지둥합니다. 한 사람은 급한 일이 생겼는지 휙 일어나서 나가기도 했습니다. 나도 그 순간 시선을 빼앗겼고, 법회의 맥이 한순간 끊겼습니다.

법문을 읽으시던 스님께서 한말씀하십니다.

> 마음을 다듬고 자리를 지키세요
> 몸과 마음을 똑같이 이곳에 두십시오
> 지금은 집에 두고 온 멍멍이도
> 핸드폰에 뜨는 백화점 할인 문자도
> 일절 생각하지 마세요
> 발바닥에 불난 듯 이리저리 돌아다니는 불자님
> 부디 지금 여기서는 발바닥 불사가 되지 마세요

자리 지켜 정진하지 못하고 마음을 여기저기에 두어 발바닥에 불난 듯 돌아다니는 나에게 스님 한마디가 무섭습니다. 꼼짝 않고 법문에 귀 기울이고 스님 말씀 한마디 머릿속에 박히어 두 눈 감고 고요함에 젖어드는 나는 순간 가슴이 시립니다. 부처님 얼굴 한번 뵙고 스님 목소리에 귀 기울여 법문을 듣는 나에게 부처님의 가피가 오늘은 충만함입니다.

스님의 말씀은 단지 그 한 사람을, 법회 시간만을 염두에 둔 것은 아니었습니다. 학교에서 교장 선생님 말씀을 들을 때, 강연회나 수업 시간에 강의를 들을 때, 교회나 절에서 좋은 말씀을 들을 때도 그런 것 같습니다. 가르침을 듣고 지식을 얻고자 모였지만 때로는 그 시간에 집중하지 못하고 여기저기 돌아다니는 경우가 종종 있습니다. 때로는 어디 다녀왔다는 것에만 염두에 두어, 어떤 이야기를 들었는지는 생각이 나지 않습니다. 좋다고 소식 듣고 가서는 여기저기 돌아다닐 뿐 깊이 있는 시간도 가르침도 얻지 못할 때가 있습니다.

　나의 하루가 딱 그랬습니다. 저녁에 첫째와 둘째 아이 모임이 겹쳐 시차를 두고 출석 도장 찍듯이 모임에 참여했습니다. 시간에 쫓기고 마음이 급하니 자리에 앉아 있어도 다른 사람 말이 제대로 들리지 않습니다. 나의 이런 급한 모양새는 '바쁘면 오지 말지!' 하는 오해를 받을 정도였습니다. '오늘 좀 바쁘네요. 죄송해요.' 오늘 일로 나는 바쁜 사람으로 보였고, 그 모임에 왔던 사람들에게 진심이 덜한 사람이 되었습니다. 그날이야말로 발 도장만 찍고 돌아다니는 꼴이 되었지요.

　하나를 하더라도 제대로 하라는 말이 그래서 나왔나 봅니다. 바쁘다 바빠! 일이 많기도 많다! 습관처럼 노래하듯 내뱉습니다. 하지만 바빠야 거기서 거기입니다. 일이 많아봐야 할 수 있을 만큼만 벌려놓으니까요. 허둥지둥하지 말고, 설렁설렁하지 말고, 그 자리에서 하는 일에 온 마음과 온 정성을 다해야겠습니다. 어디서도 자리만 지키고 시간만 들이는 발바닥 불사는 되지 말아야겠습니다.

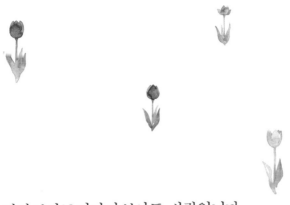

멀리 보아도 가까이 보아도, 사람입니다

"언니 사람 볼 줄 모르네."

동생도 나도 아는 지인이 화제에 올랐습니다. 그래서 내가 "그래? 괜찮던데" 반응을 보였더니 그런 소리를 합니다. 혹시 내가 나중에 맘 상할 일 생길지 모르니 주의하라는 의미에서 조언한 겁니다. 고마운 동생이죠? "그러마!" 대답하고는 동생 충고를 한 귀로 듣고 이내 흘립니다. 나는 다음에도 그 지인과 밥도 먹고, 커피도 마시고, 종종 수다도 떨 생각입니다.

사람들이 누군가의 평판을 늘어놓을 때 나는 이런 반응을 몇 번 반복했겠지요. 동생뿐만 아니라 주위에서 종종 나에게 '사람 볼 줄 모르네…' 합니다.

나는 사람 볼 줄 모릅니다. 아니 조금은 사람 볼 줄 압니다. 사람을 보려고 안 하는 것뿐입니다. 바라보는 나도, 보이는 나도, 사람 마음이 고정된 것이 아닌지라, 좋게 보려면 한없이 좋은 거고, 나쁘게 보려면 그 또한 끝이 없습니다. 시간이 지나면, 자주 만나면, 사람 속은 저절로 보입니다. 보고 싶지 않은 속내도 보게 됩니다. 남들의 평판으로 선입견을 가질 일도 아니고, 한 번 행동으로 다 평가할 일도 아니지요. 알고 지내는 사람인데 굳이 평가하고 말고 할 게 없다는 거죠.

사람이 만나는 것도 기계가 아닌지라 실수하거나 실망하는 일이 생길 수 있습니다. 당장은 속상하고 억울하기도 하겠죠. 그렇다고 관계를 싹둑 자르지 못하니, '오죽했으면 그럴까' 하고 돌려 생각하기로 합니다. 내가 대인군자여서가 아닙니다. 상대방의 상황과 입장을 놓고 보면 그럴 수 있겠다, 나도 상대에게 실수하고 실망하게 했을 테니 서로 비긴다, 생각하는 겁니다.

가끔 이상한 사람도 만나고, 다들 꺼리는 사람과 친하게, 때로는 어쩔 수 없이 관계를 맺어야 할 때가 있습니다. 그런 관계를 유지하는 나에게 어떤 사람은 성격이 좋네, 를 넘어서 이상한 사람인가 생각했다고 합니다. 그런데 내가 알고 지내는 사람 중에 나쁜 사람 없습니다. 나에게 큰 피해 주지 않고, 지울 수 없는 상처 주지 않습니다. 사람 관계가 가까워질수록 단점도 보이고 싫은 점도 보입니다. 좋은 사람, 나쁜 사람으로 나누어서는 안 됩니다. 실수는 실수로 보고 거기서 끝내야지 그 실수 때문에 인연을 자르지는 않습니다. 작은 실수까지 포용할 대인군자는 아니요, 대놓고 좋다 싫다 말 못 하는 소심한 사람이라서, 그럴 때는 잠깐 관계에 거리를 두고 시간을 갖습니다. 시간이 용서해주는 경우가 많았던지라 시간에 맡겨둡니다.

남의 평판만으로는 싫은 사람인지 나쁜 사람인지 불편한 사람인지 모릅니다. 내가 직접 겪어보고 그 사람을 판단하려고요. 사람을 만나는데 본받을 것이 있다면야 더할 나위 없이 좋겠죠. 그렇다고 꼭 이득만 주어야, 배울 게 있어야만 좋은 사람인가요? 나는 안 좋은 사람을 보면 그러지 말아야지 반성하는 쪽입니다. 그래서 나는 남들 평판에 신경 쓰지 않고 사람을 만납니다. 그것이 꼭 사람 볼 줄 모르는 사람은 아닌 거죠.

내 엄마는 살아서 진짜 많은 사람을 알고 지냈습니다. 만나는 사람을 칭찬도 하지만 가끔 핀잔이나 안 좋은 소리를 할 때도 있습니다. 그러다가도 결국 마무리는 이랬습니다.

"그래도 근본이 나쁜 사람은 없어. 세상에 사연 없는 사람이 어딨어? 살다 보니 그렇게 변한 거야. 어떻게든 살아보려고."

이 말은 그래도 사람이니까, 미워하지 말고 안쓰러워하라는 뜻입니다. 나쁜 선택도 하고 죄도 지었지만 오죽했으면 그랬냐는 거죠. 엄마도 혼자 살다 보니 꼭 착하게만 살 수는 없었다고 합니다. 사람들은 엄마에게 모질고 억척스럽다는 말을 종종 했습니다. 혼자 애 키우며 살아 보려니 그럴 수 있었겠다는 생각이 듭니다. 그때 엄마를 이해했더라면 엄마가 덜 힘들었겠다, 덜 외로웠겠다 싶어요. 그런데 그때 나는 그런 억척스러운 엄마가 싫었고 그래서 미워하기도 했지요. 오죽했으면 그렇게 변했을까. 이제야 엄마가 이해되니 얼마나 늦은 후회인가요.

친하게 지내다 보면 내가 알지 못하는 게 자꾸 나와요. 어제 만날 때 다르고 오늘 만날 때 다르기도 합니다. '왜 저러지?' 하면 더는 관계를 이어가지 못합니다. '이런 점도 있네!' 하는 거죠. 한두 번 만나고 그 사람을 파악하는 것은 어렵습니다. 그래서 자주 만나보는 거죠. 그러다 보면 정도 들고 장점과 동시에 단점도 보입니다. 잘 지내다가 단점 하나에 실망하고 헤어지면 그동안 쌓았던 정이며 그 사람의 장점을 버리는 것이 안타까운 일이겠다 싶지요. 지내다 보면 나에게 없는 다른 점이 있어서 만나기도 하고, 나와 취미나 관심사가 같아서 만나기도 하고…. 그게 좋은 거잖아요.

꽃은 자세히 보아야 예쁘다죠. 그러나 너무 자세히 보면 꽃잎에 떨어진 꽃가루가 지저분해 보이고. 현미경으로 확대해서 보면 그냥 종이 한 부분에 지나지 않죠. 사람들도 그래요. 멀리 보아 예쁜 얼굴인데 너무 가까이 보면 잔주름도, 주근깨도 보이죠.

그래서 말인데요. 나는 그냥 사람 볼 줄 모르는 사람으로 살려 합니다. 이런 사람, 저런 사람. 세상에 다양한 사람을 만나는 것도 재밌습니다.

그때 엄마를 이해했더라면
엄마가 덜 힘들었겠다,
덜 외로웠겠다 싶어요.
오죽했으면 그렇게 변했을까.

**이제야 엄마가 이해되니
얼마나 늦은 후회인가요.**

나를 키운 건
당신의 사랑과 믿음이었습니다

꽃이 그렇더라
가까이 보면 그 꽃마다 지닌 그 특유한 향과 색에 반하고
멀리서 보면 서로 얽히고설킨 꽃다발의 조화에 반하고

딸이 그렇더라
혼자 있을 때는 너만의 색깔과 향기로 빛나 사람을 즐겁게 하고
여럿 속에서는 배려와 진심을 전해 사람을 감동케 하고

꽃이 딸이요, 딸이 꽃이더라
수많은 꽃 속에서 환하게 웃는 내 딸을 보고 있으니
내 눈에는 담아하게 핀 꽃보다 수줍게 미소 짓는 내 딸이 보이고
꽃아, 피려거든 더 활짝 피워서 내 마음도 피워주고
딸아, 웃으려거든 더 환하게 웃어 내 마음도 밝혀주고
꽃아, 딸아, 덕분에 나는 진심으로 마음 내는 법을 알았다

혼자 있어도, 여럿이 있어도 엄마 눈에는 나만 보였습니다. 동네 놀
이터에서 내가 친구들과 놀 때, 엄마는 내 머리카락만 보고도, 내 걸
음걸이만으로도 나를 알아본다고 했습니다. 내 딸이 제일 예쁘다, 내
딸이 제일 똑똑하다, 내 딸이 노래를 제일 잘한다, 고 친구들 사이에
서 엄마는 딸 자랑만 하는 주책바가지 팔불출이었습니다.

내가 뭐라도 좀 잘했다 싶으면 '거봐. 넌 잘할 수밖에 없어' 하며 진
심으로 나를 자랑스러워했습니다. 나중에 형제가 나를 질투할 정도로,
그게 미안할 정도로, 엄마는 나를 소중하게 값지게 대해주었습니다.

내가 잘하지 못해도 실망하지 않았습니다. '더 좋은 기회가 올 거야.', '지금도 충분히 잘하고 있어, 엄마 딸!' 하고 격려해주었습니다. 내가 해내지 못할까 걱정할 때도 엄마는 '해봐. 할 수 있잖아' 한마디 해주었습니다.

그 거창한 사랑 덕분에, 그 거대한 믿음 덕분에, 나는 괜찮은 어른이 되었습니다. 잘 커준 내가 장합니다. 이렇게 키워준 엄마가 고맙습니다. 엄마가 나를 키운 힘, 나에 대한 엄마의 사랑과 믿음은 크고 무한했습니다. 나는 딱 그만큼 자랐습니다.

지금 사랑하겠습니다

올 듯 말 듯 사람 애간장만 태우더니 소나기가 내렸습니다. 장마도 끝나고 태풍도 지나갔습니다. 이제 여름이 할 일은 남은 하나, 불볕더위입니다. 비가 그치고 해가 뜨더니 이런 뙤약볕이 없습니다. 밤낮 가리지 않는 불볕더위에 열대야까지 여름이 할 수 있는 것은 총동원합니다. 선풍기와 에어컨, 냉장고를 차지하던 수박이 바빠졌습니다.

더위로 밤새워 뒤척이다가 새벽이 다 되어서야 뜨겁고 습한 공기 속에서 자던 아이들이 헉헉하며 두어 번 잠에서 깼다가 다시 잠이 듭니다. 덥다 덥다 하면서도 잠을 잘 때는 이불을 제 몸에 돌돌 말고 애벌레가 됩니다. 그래서 팔과 목 주변은 아침 이슬처럼 땀이 맺힙니다. 땀을 닦아주려다가 행여나 잠을 깨울까 맺힌 땀을 그냥 두고만 봅니다.

　곧 날이 밝을 듯합니다. 이른 새벽 시간, 조용히 할 수 있는 게 뭐 없나 생각하다가 이불장을 열었습니다. 요와 지지미를 꺼내 거실로 나왔습니다. 결혼 전부터 사용하던 요입니다. 겨울에는 침대 위에 올려놓고 사용하는데 이불솜이 군데군데 뭉쳐져, 개고 펼 때마다 먼지도 일고 해서 이번 겨울만 덮고 버려야지 했는데 벌써 십오 년째 사용하고 있습니다.

　지지미는 피부에 닿으면 촉감이 까슬까슬하고 시원해서 여름 이불감으로 최고입니다. 이십 년도 훨씬 전에 엄마가 사놓은 인견 지지미입니다. 엄마가 비싼 거라 강조했던 기억에 딴에는 아끼고 아낀 터라 엄마가 주고 간 마지막 옷감이 되었습니다.

　이불장 한쪽에는 다양한 색과 무늬의 천들이 보자기 하나 가득했습니다. 이 옷감은 내가 시집오기 전부터 엄마가 하나하나 모아둔 일명 우리 딸 시집갈 때 만들 옷과 이불을 위한 예쁜이들이었습니다.
　"이 땡땡이는 엄마랑 너랑 같이 여름 원피스 해 입자. 얼마나 예쁘냐?"
　"요 남색은 너무 고급스럽지? 이걸로 상견례 때 정장 한 벌 해 입자."
　"그래 난 이게 젤 마음에 들더라. 이걸로 너 아기 낳으면 돌복 해 입힐 거야."

엄마는 바느질을 좋아하지도, 바느질 솜씨가 좋지도 않았습니다. 그저 예쁘고 특이한 옷감을 볼 때마다 나중을 위해 사 모은 것입니다. 딸 시집갈 때 뭐라도 만들어줄 옷감이었습니다. 그동안 커튼이며 방석 커버며 여기저기 잘라 쓰느라 동이 났습니다. 엄마의 오간 추억도 소진되어갈 즈음, 이 요와 지지미가 마지막이 되었습니다. 남겨준 유산을 야금야금 다 파먹은 느낌입니다. 옷감을 어디서 어떻게 사 모았는지 기억은 정확하지 않지만, 엄마와 함께 옷감을 펼치며 즐거웠던 감정과 살에 닿은 옷감의 촉감은 여전히 남아 있습니다.

나도 엄마를 닮아서 바느질 솜씨가 좋지는 않습니다. 그냥 필요할 때 바느질함을 열어 바짓단을 줄이고, 인형이나 주머니를 만들고, 낡은 이불을 잘라 소파 매트로 바느질하는 정도입니다. 손으로 하는 것을 좋아해서 오늘처럼 낡은 이불솜을 틀어 홑청을 다시 씌우는 현실적인 바느질꾼입니다.

조용히 현관문 열고 이불을 들고 나와 먼지를 떨었습니다. 손바닥으로 뭉친 솜덩어리를 툭툭 치고, 양손으로 솜뭉치를 비빕니다. 이불 앞뒤를 돌려 양 모서리를 잡고 흔들었더니 뭉친 솜이 골고루 퍼져 평평해졌습니다. 지지미를 반으로 접어 꿰매니 이불 커버가 되었습니다. 보통은 실 두 겹이면 충분할 텐데 무려 네 겹을 겹쳐서 바늘에 끼워야 했습니다. 시간이 지나면 사람이 병이 나고 허약해지듯 실과 옷감도 약해집니다. 잘 보관한다고 신경 썼는데도 시간 앞에서는 장사가 없습니다.

　한참을 바느질에 몰두하느라 시간 가는 줄 몰랐습니다. 해는 중천에 떴고 방 안에서 아들이 나왔습니다.
"엄마, 아침부터 뭐 해요?"
"응 네 이불 만들어. 까슬이 이불에서 자고 싶다며?"
"와~ 진짜 시원해요."
"시원하지? 내 엄마가 준 천이야."

　까슬까슬한 천의 느낌이 시원했는지 제 몸과 얼굴에 연신 문지르며 좋아합니다. 나는 아이들이 묻지 않았는데 굳이 천의 출처를 밝힙니다. 나는 내 엄마의 물건이나 함께했던 장소가 있으면 아이들에게 꼭 이야기해줍니다. 나도 엄마가 있었고, 엄마랑 행복했다고, 말하고 싶은가 봅니다.

　엄마는 나를 위해 천을 모았지만, 시집도 보내기 전에 돌아가셨습니다. 내 옷, 내 이불 하나 만들어 입히지 못하고 말이죠. 엄마는 젊은 나이에 세상을 떠났고, 나는 어린 나이에 엄마를 잃었습니다. 그래서 서로에게 해주고 싶은 것, 받고 싶은 것에 아쉬움이 더합니다. 그래서 내 아이에게는 내가 해주고 싶은 사랑을 미루지 않으려 합니다. 먼 훗날 내가 모아둔 것을 보면서 하염없이 눈물만 흘리며 그리워만 하게 하고 싶지 않습니다. 그것이 추억하는 사람에게 얼마나 가슴 아픈 일인지 경험해봐서 압니다.

　다음에 더 큰 사랑으로 보답하겠다는 말은 하지 않을 겁니다. 내가 사랑하는 사람에게 다음에 더 크게, 더 많이, 해주지 않을 겁니다. 작더라도, 모자라더라도 지금 해줄 겁니다. 그 사랑을 미루지 않겠습니다.

부처님은 바쁘다

결국 터지고 말았습니다. 부부싸움이 칼로 물 베기라는데 우리 부부는 뭐든 다 벨 기세로 성질을 곤두세우고 으르렁댑니다. 이번에도 내 탓 네 탓 며칠을 끌고 가더니 화해도 못 하고 부모님이 계신 만불사로 향했습니다. 명절 전후 일주일은 기분이 가라앉아 있습니다. 마음이 편치 않은 것이 오늘 아침도 딱 그런 날입니다. 이런저런 바라는 게 많은 마음에 불편함만 잔뜩 채워 집을 나섰습니다.

부처님 앞에서도 부모님 앞에서도 웃기보다는 슬픔과 원망이 더한 날이었습니다. 이런저런 속상한 마음이 원망과 분노로 커가는 요즘입니다. 헛된 욕심들로만 이것저것을 비는 마음이 커집니다. 하지만 부처님은 단 하나의 소원만 들어주신다, 하였으니 소원도 원망도 바람도 다 내려놓고 자성불(自省佛)만 읊습니다.

십으노 오는 긴에 자동차 사이드미러로 부처님이 보입니다. 기쁜 듯 슬픈 듯 알 듯 말 듯한 표정으로 바라보십니다.

"내가 오늘은 바빠서 네 소원 들어줄 시간이 없다. 좀 지내다가 다시 꼭 오거라. 그때는 네 말에 귀기울여줄 테다."

나 지금 바쁜데 소원을 하나만 청해야지 이것저것 다 말하면 안 들어준다, 고 일침을 놓으신 듯합니다.

바쁜 엄마 치맛자락 붙들고 내 얘기 좀 들어달라 조르던 어린 시절이 기억납니다. 그러면 엄마는 하던 일에서 눈을 떼지 않고, 엄마 두 손으로 힘주어 치맛자락 잡은 내 손가락을 하나하나 풀면서 말합니다.

"기다려. 이것만 하면 돼. 그때 얘기해. 이따가."

부처님도 엄마도 너무 바빠서 내 소리를 들어줄 시간이 없습니다. 그래도 나는 듣거나 말거나 내 마음을 보이고 돌아옵니다. 무엇을 해달라고 조르거나 소원하지 않습니다. 나는 지금 이렇다고 알려주러 온 거니까요. 그렇게 내 마음을 보여야, 내 마음을 비워야, 버티고 살테니까요.

생일

　태어나서 가장 잘한 일이 하나 있습니다. 아들, 딸 하나씩 낳고 엄마가 된 것입니다. 좋을 것도 싫을 것도 없는 무미건조한 내 인생으로 두 아이가 들어왔습니다. 그들은 살아가는 힘이었고, 그 힘의 끈을 덥석 잡았습니다.

　엄마도 세상에서 가장 잘한 일이 있습니다. 나를 낳고 엄마가 된 것입니다. 고된 이 세상에서 죽어라 죽어라 하면서도 엄마에게 버틸 힘을 준 것은 당신 배 아파 낳은 자식이었습니다. 살기 위해 썩은 동아줄이라도 잡아야 했는데 돌아보니 금줄이라 했습니다.

　나는 엄마 딸이라서 울기도 했고 또 웃기도 했습니다. 엄마가 있는 내 삶은 그랬습니다. 엄마를 위해 희망과 절망의 닻을 올리고 내리며 항해를 멈추지 않았습니다. 그게 다 엄마 딸이라서 그랬던 겁니다.

엄마는 내 엄마라서 행복하기도 했고 또 불행하기도 했습니다. 내가 있는 엄마 삶도 그랬습니다. 딸을 위해 행복과 불행의 불씨를 지폈다 껐다 하며 이 악물고 버티었습니다. 그게 다 딸 엄마라서 그랬던 겁니다.

나는 엄마 딸이라서 행복했습니다. 엄마가 내 엄마여서 감사했습니다. 나는 엄마가 있어서 좋았습니다. 확인하고 싶습니다. 꼭 물어보고 싶은 게 있습니다. 엄마도 내가 딸인 게 좋았을까요? 엄마도 내가 있어서 행복했을까요? 혹시라도 아니었다고 대답한다면 어쩌나 걱정되지만, 아마도 그런 답은 하지 않을 거라 확신합니다. 꼭 한 번 만나 물어보고 싶습니다. 엄마가 내 안에, 내가 엄마 안에, 꼭 한번 들어가보고 싶습니다. 그렇게 한 번만이라도 엄마를 보고 싶습니다.

아이들 생일이면 엄마가 더 보고픕니다. 이 예쁜 아이들을 내가 낳았다고, 이렇게 멋지게 자라고 있다고, 엄마에게 내 아이들을 보여주고 싶습니다. 어디서 이런 것들이 나왔나, 금지옥엽이 따로 없이 예뻐해주었겠지요. 내가 잘사는 것보다, 내가 낳은 이 아이들이 잘 자라고 있다고, 꼭 한 번 자랑하고 싶습니다. 아이들에게도 내 엄마를 보여주고 싶습니다. 나도 너희처럼 엄마 있다고 생색도 내보고 싶습니다. 그러지 못해서 너무 속상한 날입니다.

8월 11일, 오늘은 내가 내 아들과 딸을 낳은 날입니다. 엄마가 할머니가 된 날입니다.

피붙이

　나는 두 살 터울 여동생이 있습니다. 여느 자매들처럼 소꿉놀이나 인형 놀이하며 놀지 않았습니다. 동생에게 먹을 것을 챙겨주거나 내가 가지고 있던 예쁜 것들을 나누어주는 일도 없었습니다. 누군가를 살뜰하게 챙기지 않는 성격은 어릴 때 동생에게 대하는 태도와 비슷했습니다. 동생은 나보다 예뻤고, 나보다 눈에 띄었기 때문에 많은 사람이 좋아했습니다. 내가 동생을 예뻐하고 아끼지 않아도 다른 사람들이 관심을 주고 챙겨주었습니다. 나에게는 엄마가 일 순위였습니다. 보통의 형제자매가 느끼는 혈육지정이라기보다는 나에게 동생은 그저 동네 아는 예쁜 동생 정도였습니다.

　고등학생이 되면서 여동생과 나, 그렇게 많이 싸운 자매도 없을 겁니다. 내가 물건에 이름을 써둔 것을 하나라도 만지면 불같이 화를 냈습니다. 동생도 지는 일은 없었으니 서로 싸우다 지쳐 언니 동생이라면 지긋지긋하다는 말을 입에 달고 다녔습니다.

고등학교를 졸업하고부터 나는 대학과 직장을 타지에서 다녔습니다. 그런 탓에, 한 지붕 아래 우리 둘이 한솥밥 먹을 기회는 많지 않았습니다. 잔정을 나누지 않아서 그랬는지 가끔 방학에 집에서 보는 동생이 낯설기도 했습니다.

엄마가 세상을 떠나고 나에게 남겨진 동생. 간혹 엄마는 혹시라도 엄마에게 일이 생기면 동생에게 엄마는 나라고 동생을 부탁했습니다. 어쩌면 그것이 유언이었는지도 모르겠습니다. 엄마 없는 세상에서 의지할 곳은 하나도 없었습니다. 나도 동생도 같은 고아가 되었습니다. 그래도 내가 언니라고, 엄마 아빠도 없는 동생이 한없이 불쌍했습니다. 그러다가도 철없는 말을 하고 내 속을 뒤집어놓을 때면 내 곁에 붙어 있는 동생이 징그럽기도 하고, 동생을 부탁하고 떠난 엄마가 원망스러웠습니다. 원수처럼 싸우고 나 혼자 희생한다는 억울함에 제발 동생이 떨어져주길 바라기도 했습니다.

그러나 내가 아니면 누가 책임지나 하는 마음에 내쳤다가도 곧 곁에 두었습니다. 팔은 안으로 굽는다고 동생이 풀죽어 있으면 가서 기를 세워주느라 없는 허풍을 떨었습니다. 내가 힘들어하면 동생이 손 내밀지 못할까 하는 마음에 동생 앞에서는 기세등등 당당하게 버티었습니다.

나와 동생은 이 세상 달랑 남겨진 혈육이었고 의지할 상대였습니다. 동생 하나가 내게는 아픈 손가락이고 살아가는 이유였습니다. 동생에게는 뭐를 내주어도 아깝지 않았습니다. 뭐라도 하나 더 주고 싶었습니다. 그러다가도 나의 이기심이 나의 팍팍함이 일어나면 동생을 밀어냈다 거두기를 반복했습니다.

"뭐라 부탁을 못 하겠어. 언니도 힘들게 사는데 내가 말하면 다 들어주니까."
동생이 툭 뱉어낸 한마디에 숨겨두었던 이기심을 들켜버렸습니다.
"엄마가 있었어도 언니가 나한테 하는 것만큼 못하겠지?"
그동안 나 같은 언니 없지 하는 오만함이 싹 날아갔습니다.

"너무너무 힘들 땐 말해. 내가 있잖아. 언니가 다 해결해."
나와 여동생, 우리는 혈육지정이 뭔지 압니다. 엄마가 말했습니다.
"세상 누굴 믿겠어. 너희끼리 똘똘 뭉쳐야 해. 이 험한 세상 믿을 건 혈육뿐이야. 세상에 피붙이라고는 너희뿐인데."

엄마 말이 맞습니다. 세상에 믿고 의지할 사람, 가족이었습니다. 그리고 그때 가족이라고는 나와 동생뿐이었습니다.

"언니는 그랬어? 그랬구나. 나는 안 그랬는데."

동생 말 한마디가 가슴에 박힌 채 뽑히질 않습니다. 동생에게 엄마 이야기를 책으로 내려고 한다고 운을 뗐습니다. 엄마와 행복했던 추억을 책으로 내보고 싶다고 말했습니다. 내가 책을 내는 것에는 동의하지만, 엄마와의 추억이 행복했다는 말에는 동의하지 않는 듯합니다. 동생의 반응에 당황했습니다. 그리고 이후 엄마와의 기억을 꺼내는 것이, 좋았던 추억을 말하는 것이 어렵고 미안했습니다. 그땐 우린 힘들었지 하고 위로하는 것도 가볍게 들릴까 해서 꺼내지 못했습니다.

내가 대학생이 되고 동생만 엄마와 함께 남겨졌을 때, 동생은 매우 힘들었다고, 내가 미울 만큼 힘들었다고 했습니다. 엄마는 내게, 나와 동생에게 똑같이 사랑을 주었고, 똑같이 대해주었는데 동생이 욕심이 많아 그런다고 얘기한 적이 있습니다. 그때는 그런가 했습니다. 그런데 동생이 분명하게 말했습니다. 엄마는 언니 편이었고 언니 말을 믿었다고. 엄마는 언니를 좋아했다고. 동생이 알려주었습니다. 엄마에게 가장 사랑받고 자란 사람은 우리 중 언니, 나였다고.

"엄마는 너를 가장 믿었지. 엄마는 그랬어."

곡현 스님이 한 번은 엄마 이야기를 하다가 미안함과 서운함을 보인 적이 있었습니다. 엄마는 큰일이 나면 나와 상의했습니다. 스님은 그런 모습을 볼 때면 서운하기도 부럽기도 했다고 합니다.

엄마는 나에게 의지했고 나는 엄마에게 의지했습니다. 엄마에게 큰아들은 대접해주어야 할 손님이었고, 막내딸은 세상에 내놓기 불안한 새끼 새였습니다. 그래서 만만한 나에게 기댔던 겁니다. 나는 여태껏 그런 줄로만 알았습니다. 몰랐습니다. 형제들 사이에서 질투와 부러움의 대상이 나였다는 사실을. 가장 많은 사랑을 받았고 가장 많은 추억을 가진 사람이 나였다는 것을. 이제야 알고 나서는 그게 미안해서 엄마 이야기를 하는 것이 어려웠습니다.

엄마는 나에게 사준 것도 많고 함께 다닌 곳도 많은데, 동생은 그런 기억이 없다 합니다. 기억을 못 하는 것일까, 내가 없는 기억을 꾸며낸 것일까, 의심도 해보았습니다. 분명 나는 엄마의 시간과 물건과 말과 여행을 너무나도 선명하게 기억하고 있습니다. 그때의 느낌과 감정도 살아 있습니다. 엄마가 나에게 기대는 것을 부담스러워했지만,

돌아보니 다 좋았습니다. 엄마니까 다 좋았습니다. 그런데 동생은 그러지 못했다고 합니다.

어찌해야 할까요? 내가 받은 사랑을 혼자만 간직하고 싶지 않습니다. 알려주고 싶습니다, 내가 사랑받고 자란 소중한 사람이라는 것을. 말해주고 싶습니다, 엄마도 똑같이 동생을 사랑했다고. 다만 지금은 사는 게 팍팍해서 그 기억을 꺼낼 여유가 없는 거라고. 나도 힘들 땐 원망이 먼저였다고.

이 책을 읽으면 동생은 슬퍼할지 모르겠습니다. '언니는 그랬어? 좋았어? 나는 좋지 않았는데.' 그 말이 무섭습니다. 이 책을 준비하는 동안 내내 동생이 걸렸습니다. 동생이 나 때문에 속상해서도, 아파해서도, 미안해해서도 안 됩니다. 그래서 동생 일엔 힘들지 않게, 힘들지 않은 척 거듭니다. 내가 아프거나 힘들면 동생은 미안해할 게 뻔합니다.

내가 받은 엄마 사랑을 동생에게 조금씩 꺼내 보이려 합니다. 우리는 세상에 남은 혈육입니다. 피붙이입니다. 동행하는 그날까지 엄마와의 추억을 찾아주겠습니다.

엄마는 내 동생을 나만큼 사랑했습니다.

나는 엄마와
행복하게
잘 살았습니다.

눈물나는 날에는, 엄마

초판 1쇄 인쇄 2023년 4월 12일
초판 1쇄 발행 2023년 4월 27일

지은이 | 김선하
펴낸이 | 박찬근
펴낸곳 | (주)다연
주　소 | 경기도 고양시 덕양구 삼원로 73 한일윈스타 1422호
전　화 | 031-811-6789
팩　스 | 0504-251-7259
이메일 | dayeonbook@naver.com
편　집 | 미토스
표지디자인 | 강희연
본문디자인 | 디자인 [연;우]

ISBN 979-11-92556-09-3 (03810)